梅里克家族

庄园秘事

（美）弗兰克·鲍姆　著

郑榕玲　译

企业管理出版社

图书在版编目（CIP）数据

庄园秘事 / (美) 鲍姆著；郑榕玲译.
— 北京：企业管理出版社，2015.12

ISBN 978-7-5164-1175-9

Ⅰ.①庄… Ⅱ.①鲍… ②郑… Ⅲ.①儿童文学—长
篇小说—美国—近代 Ⅳ.①I712.84

中国版本图书馆CIP数据核字(2015)第313112号

书　　名	庄园秘事
作　　者	弗兰克•鲍姆
译　　者	郑榕玲
责任编辑	韩天放　尤　颖
书　　号	ISBN 978-7-5164-1175-9
出版发行	企业管理出版社
地　　址	北京市海淀区紫竹院南路17号
邮　　编	100048
网　　址	http://www.emph.cn
电　　话	总编室（010）68701719　发行部（010）68414644 编辑部（010）68701292
电子信箱	80147@sina.com
印　　刷	北京宝昌彩色印刷有限公司
经　　销	新华书店
规　　格	145毫米×210毫米　　32开本　5.125印张　115千字
版　　次	2016年3月第1版　　2016年3月第1次印刷
定　　价	24.00 元

目 录

第一章　约翰的决定

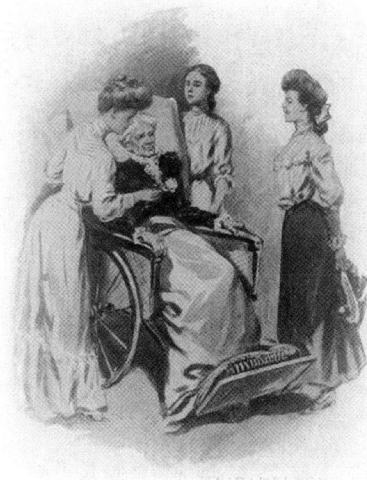

客厅的角落里，道尔少校半倚靠着椅子，不断地揉搓着双手说："现在，我们要在伟大的纽约度过一个温暖惬意的冬天了。"

"温暖？惬意？"正在做缝纫的帕琪听到这话惊讶地抬起头来，忍不住反问。帕琪是道尔少校的女儿。她望向窗外，雪花正打着旋飞舞呢。

"没错，一个温暖惬意的冬天，亲爱的帕琪。"道尔少校肯定地说，"现在我们住的是蒸汽加热的公寓，有7个房间，一个浴缸，衣橱就更不用说了，多得很。打开水龙头，热水就哗哗地流；打个电话，就能把卖肉的、卖面包的、做蜡烛的叫来；最新的杂志报纸送到家门口。还有什么好奢望的？"

"哼！"

这轻蔑的哼声是一个头有点秃的男人发出来的。他坐在道尔少校对面，一直在吸着烟斗，惬意地看着壁炉里摇曳的火苗。道尔少校稍稍一怔，马上冷眼盯住这个矮个子的男人。帕琪嗅到两人的不和，心里暗自偷笑，又不露声色地继续穿针引线。

"先生！我要怎么理解你这不礼貌的打断？"道尔少校严肃地问。

"你在胡说八道，纽约的冬天简直是个噩梦：暴风雪、融雪、寒流、冰凌、流感、冷颤、糟糕的心情……"秃头男人回答。

"才不是这样！"道尔少校反驳，"世上最好的季节就在这里！独一无二！我们拥有最豪华的餐厅、最好的戏剧院、最大的商店和证券交易所！还有百老汇！你还奢望些什么，约翰·梅里克？”

约翰笑笑，添满烟斗，没去理会他。

“约翰舅舅又该着急了，”帕琪说，“根据我的观察，这是这些年来将他困在纽约的第一场暴风雪。”

“今年的暴风雪来得特别早，不寻常。”也许是觉察到自己的语气不好，约翰缓和说，“都把我吓到了。但我猜冬天来之前，会有几天不错的天气，到那时……”

“到那时就怎么样？”趁着约翰犹豫的时候，道尔少校接着挑衅地问。

“到时候我们就离开这里。”约翰快速答道。

帕琪条件反射地抬头看约翰舅舅，道尔少校嘴里正在嘟嚷着，费劲地转动他的椅子。

父女俩对约翰·梅里克都心怀感激，正是约翰·梅里克的慷慨和善良，他们才免受贫穷之苦。父女俩今天所享受到的一切也是托约翰的福。即使是这座建在威林广场，与纽约高档住宅区只有几步之遥的公寓，约翰也慷慨地将它作为礼物赠与了道尔少校。约翰也住了进来，他对这7个房间的公寓很满意，虽然他有百万家财，买纽约这大都市里最豪华的房子也不在话下。华尔街，乃至整个金融界，提起约翰·梅里克的名字，没有谁不是肃然起敬的。而现在在威林广场的公寓里，约翰却在客厅的角落里，吸着烟斗，饶有兴致地和他易怒的妹夫斗嘴。道尔少校的工作就是管理约翰的投资，还有凭心情来决定一些小富翁的去留。

约翰常常离开纽约，尤其是在冬天。道尔少校对此感到愤愤不满，因为他最疼爱的帕琪，总是会陪着约翰一起离开。道尔少校一个人孤零零的，而约翰却在帕琪的陪伴下享乐旅途，这都变成惯常之事了。

乍眼一看，帕琪·道尔并不讨喜。个子矮矮的，一头红发，脸上还有雀斑。穿戴虽然整洁，但缺乏个性。不过朋友看来，帕琪是漂亮的，深蓝色的大眼睛，淘气的性格时常引人哈哈大笑，毫不费劲就能俘虏人心。而且，这个小女孩真诚、自然、不矫揉造作，老人和年轻人都喜欢她，她也因此有众多的好朋友。

帕琪是约翰舅舅最喜爱的外甥女，但约翰还有其他外甥女。比她小一岁的贝丝·德·格拉夫也住在威林广场的公寓里。

贝丝并不是孤儿，她的爸爸妈妈住在俄亥俄州的小镇。贝丝的父母为人自私，对贝丝漠不关心。贝丝一直过着忧郁的生活，直到约翰把她从压抑的环境里带走，并且保护她，爱护她。和帕琪一比，贝丝就漂亮多了，但她性情不如帕琪开朗、温和。贝丝天性内敛，在陌生人面前比较害羞。

但贝丝还是有许多优点，她对有同样不幸遭遇的年轻女孩有着发自内心的同情。在让人讨厌的冬天里，她去拜访社区学校。贝丝也在社区学校里呆过，在那里，她曾努力奋斗，表现出了浓厚的同情心。

还有一个侄女，同样深得约翰的欢心。她是露易丝·梅里克，在这个故事发生的两年前，嫁给了一个叫亚瑟·威尔登的年轻小伙子。几个月前，亚瑟带着年轻的妻子，来到了加利福尼亚，在那里买了一个果园。露易丝生了一个女儿，取名珍·梅里克·威尔登，这对于一个小人物来说，算是一个大名字了。

小珍5个月大了，据说长得白白胖胖。约翰一家对这位新成员都很感兴趣，白天谈论她，中午谈论她，晚上也谈论她。即使是脾气挺大的道尔少校也承认这个"威尔登宝宝"是这个家庭中最重要的成员。也许正是因为小宝宝远离纽约，而且露易丝写了好长的信来描述宝宝的美丽与可爱，大家的心都被宝宝俘获了。

现在，帕琪知道，约翰舅舅已经迫不及待地想要见露易丝的宝宝了。不久前，帕琪对贝丝说，这个冬天，约翰舅舅肯定会去加利福尼亚看望亚瑟·威尔登，而且他还会带上自己和贝丝。这样帕琪、贝丝和露易丝都能陪伴在侧，除此之外，他怀里还能抱着一个神奇的婴儿。道尔少校肯定也猜到了这点，难怪约翰说纽约不是过冬的好地方时，道尔少校这么急着反对了。无论如何，可怜的道尔少校还是清楚地知道，他最爱的帕琪会飞奔向加利福尼亚，留下自己独自度过冗长乏味的冬天了，而自己却要因为工作的缘故不能同去。

然而，到目前为止，约翰都没有提及前往加利福尼亚的计划，甚至没有说到远行的可能性。约翰肯定会离开纽约的，不过，当他说起"当冬天来时，我们当然会离开"时，也没有透露出一丝去哪里的消息。

但是现在道尔少校被激怒了，他决定今年要跟着让人捉摸不透的约翰一起"离开"。

"你找到比纽约更好的城市了吗？"他问道。

"我们要去百慕大群岛。"约翰回答。

"去挖洋葱啊？"道尔少校讥讽道。

"百慕大群岛不只有洋葱，我告诉你吧，那里气候怡人，这只是其中一个好处。"

道尔少校哼了一声表示不屑，事实上他感到很震惊。不过道尔少校还是暗地里高兴，因为比起加利福尼亚，百慕大群岛近多了。但他总是会习惯性地反对约翰的意见。

"帕琪不能去！"道尔少校声明，好像他们要在那里定居一样，"海上远航会要了她的命！去百慕大群岛的航程是人类最可怕的体验！侥幸没有死在路上的人回来后都不会再去第二次，而且都寸步不离自己的家了！"

约翰微笑着看着道尔少校严肃的神情，说："没有传说中的那么糟糕。我就知道有一个人带着全家连续五年都去百慕大群岛过冬。"

"每次所有人都活着回来啦？"

"当然。"

"那些人，"道尔少校斩钉截铁地说，"肯定是钢做的身体，铁做的胃！"

听到这，帕琪哈哈大笑起来，笑声如银铃般悦耳。

"我想我会喜欢百慕大群岛的。"她说，"不管怎么样，约翰舅舅喜欢的我也会喜欢，只要离开纽约就好。"

"为什么？你这个小叛徒。"道尔少校伤心地大叫起来，又补充说，"纽约可是人们心中的伊甸园，是大家向往的地方啊！"

这时，门突然开了。原来是贝丝来了，打断了道尔少校的话。她的脸蛋被风吹得通红，外套上还有残雪。她带着露指手套，手里晃着一封信。

"露易丝寄来的！帕琪！"贝丝兴奋地叫，"不过，我先去换衣服，你可别先拆开看啊！"

但帕琪等贝丝转身走进卧室，便拆开了信封开始看。

约翰又把烟斗添满，好奇地看着帕琪脸上紧张的神情。道尔少校虽然表情僵硬，但也掩盖不住心中的好奇。过了一会儿，他忍不住问："帕琪，一切还好吗？"

"宝宝怎么样了？"约翰也问。

"天啊！"帕琪大哭起来，眉头紧蹙，"宝宝生病了！而且五里之内还没有医生！"

两个男人像装了弹簧一样，马上站起来。

"为什么不留一个医生在家？"道尔少校怒吼。

"我们马上派劳森医生过去！"约翰建议。

帕琪手里还握着信，自责地看着他们，叹气说："一切都晚了。"

道尔少校一下子瘫倒在椅子上，眼神黯淡，神情呆滞。约翰则一脸苍白。

"宝……宝宝，没有死吧？"他屏住呼吸说。

"事实上，没有。"帕琪回答，她接着看信，"但是她患了最致命的疝气，露易丝都绝望了。不过她的护士，一个黑皮肤的墨西哥人，喂了宝宝吃一些热乎乎火辣辣的东西……"

"很可能是辣椒肉末。"道尔少校说。

"太可怕了！"约翰大声叫道。

"就算那些东西治疗好了疝气，也要烧坏了宝宝的内脏了吧？"道尔少校说。

"不管怎么样，露易丝说宝宝已经好多了。"帕琪接着说。

道尔少校正用手帕擦着额头上的汗，说："她写这封信的时候，大概是一个星期以前。现在宝宝也说不定会怎么样了。亚瑟·威尔登真是笨，搬到如此偏僻的地方，我们就应该起诉他这么残酷的行为！"

"宝宝应该没什么大事。"帕琪安慰道尔少校说，"如果有变故，露易丝会给我们发电报的。"

这时候，道尔少校已经急得在房间里踱来踱去了，他说："如果真有大事，恐怕那鬼地方也没有电报。"

约翰眉头一皱，说："你真是越来越笨了，道尔。他们的果园比我们纽约还舒适方便呢。他们有的东西，我们未必有。"

"说说看！"道尔少校不服气地说，"我敢说，没有东西是我们这公寓里没有的。"

"小鸡！"贝丝从房间里出来，刚好听到道尔少校夸下海口，便插嘴说道。

"宝宝怎么样了，帕琪？"贝丝问。

"亲爱的，她就像一颗种子一样在长大呢，越来越可爱。过来，你自己看看信吧！"

贝丝在看信的时候，约翰对道尔少校说："在埃尔峡谷果园，有一座舒适漂亮的大房子，终年沐浴在阳光下。听着这里外面风雪的呼啸，想到就在此时，远在露易丝的家，玫瑰花开得正艳。亚瑟有两辆汽车，20分钟就能开到城里。他们有一个长途电话，我和他们通过几次话。"

"通话！"大伙不约而同地喊起来。

"是的，上周我才和露易丝通过电话。"

"真是昂贵的消费，约翰。"道尔少校忿忿地说。

"是的，但我想我能承受。你知道的，我有一些电话的股票。所以我能补偿部分支出。他们还养了牛，贝丝说得没错，还有小鸡。每天早上，他们都从果园里采摘自己种的橙子和葡萄当早餐。"

"我想去看看可爱的宝宝。"贝丝放下信，诚恳地看着约翰说。

"可是约翰舅舅打算带我们去百慕大群岛。"帕琪认真地说。

"你已经去过加利福尼亚了，"约翰回答，"不值得花钱去同一个地方两次。"

"但是我们没有去过亚瑟的果园。"贝丝提醒他。

"也没有看过露易丝的小宝宝。"帕琪补充。

接下来的沉默被道尔少校的低声叹息打破了。可怜的道尔少校，他早就料到自己孤独留守的命运了。

"应该辞退那个辣椒肉末护士，"约翰嘀咕，"留墨西哥人在身边真是个馊主意。我认为我们应该带上一个既有经验、又聪明，还跟得上时代的护士。"

"我知道有一个！"贝丝兴奋地说，"她叫米尔德里德·特拉弗里斯。她很优秀呢，我就见过她照顾一个在学校里受伤的可怜女孩。她确实是个温柔优雅、技术熟练的护士。米尔德里德会把宝宝照顾得健健康康，白白胖胖的。"

"她多久能出发？"约翰问。

"一个小时，我敢肯定。受过训练的护士通常能应对紧急呼叫。你知道的，如果明天天气好，我会去见她。"

"好。"约翰说，"我猜你们能在星期六准备好启程。"

"当然！"帕琪和贝丝欢呼起来。

"我会订车票的。道尔少校，你要处理好手上的事情，和我们一起去。"

　　"我不去!"

　　"你要去,不然我就开除你,你现在是为我工作,不是吗?"

　　"是的,先生。"

　　"那么,就听我吩咐。"

第二章 埃尔峡谷果园

虽然此次旅行舒适奢华，但是却不招摇。没有人怀疑约翰是一个能包起整列列车的亿万富翁。虽然约翰在遥远的西北拥有巨额财富，但他从来不会让金钱蒙蔽了双眼，或是让金钱改变本性。他就喜欢简简单单做个小老百姓，和同伴们平等相处。要是别人认出他是赫赫有名的纽约金融家，他倒是备感烦恼呢。虽然他现在已经退休了，但是他在各个领域都有投资，所以他的大名还是知者甚众的。

前往加利福尼亚的旅途是愉快的，因为没有人认出他。只有一次，在芝加哥去洛杉矶的途中，约翰被认了出来。这位仍具魅力的男人，带领着三位迷人的女孩，还有一位镇静的绅士少校，准备去阳光加利福尼亚州度假。

在这三个女孩中，有我们早就熟悉的帕琪·道尔、贝丝，另外一位是训练有素的护士米尔德里德。贝丝推荐来的护士米尔德里德，长得又高又瘦，眼睛大而神秘，透出深沉的冷静。贝丝也有一双大大的眼睛，神秘而富有表现力，能吸引人。但是米尔德里德的眼睛却仿佛藏有什么秘密，让人望而却步。约翰和道尔少校都觉察到了这点，一想到要让这样的护士照顾宝宝，约翰心里就觉得不放心。他问贝丝关于米尔德里德的情况，贝丝说再也没有比米尔德里德更温和、更有同情心、更高技术的护士了。对于米尔德里德过去的故事，贝丝也不太了解，只知道她在学校里认真学习护理，毕业后却一直在做着收入微薄的工作。

"曾经，你知道的，"贝丝解释道，"受过培训的护士很受欢迎，没有一个护士会闲着。但是培训学校有这么多的学员，只有那些有家庭影响力的人才能确保有工作。米尔德里德同情心强，天生就适合当护士。约翰舅舅，就是因为她在纽约没有家庭背景，才会被迫去慈善机构和医院工作。我也是在慈善机构认识她的。"

"你说的我都认同，除了，除了她的眼睛。"约翰坦白，"我不喜欢她的眼睛，太冷漠了，有时候就像老虎的眼睛一样残酷无情。"

"啊，你误会她了，我敢肯定！"贝丝说。

约翰勉强同意了贝丝的说法。在旅途中，米尔德里德表现大方得体，她涉猎广泛，与人交谈自如。虽然她还是有所保留，并没有真正融入这个团体中。但实际上这个女孩平易近人，约翰的顾虑已经慢慢地打消了。即使是道尔少校，虽然依然有所怀疑，也承认米尔德里德是"一个十分不错的人才"。

露易丝通过电报知晓约翰一行人要来的消息，但她不知道同行的还有一个"很好"的护士，要来照顾自己的孩子。

大家在洛杉矶休息一晚后，便启程到埃斯孔迪多。埃斯孔迪多是最靠近威尔登果园的小镇。

露易丝和亚瑟开着七人座的房车来到了车站。一见面，帕琪、贝丝就激动地和露易丝紧紧地抱成一团。约翰也给了露易丝一个大大的拥抱和一个吻。约翰说，露易丝还是像婚礼那天一样的可爱迷人。

这个最大的侄女，实际上也不过才20岁。作为一个妻子和母亲来说，实在是太年轻了。露易丝属于那种岁月很难在她身上留下痕迹的女人。她的一颦一笑看起来都像一个还在上学的小姑娘。

露易丝旁边高高大大，还带着孩子气的小伙子，正在热烈地欢迎约翰一家的到来。要是你知道他已经身为人夫和人父，肯定会大吃一惊。亚瑟和露易丝不像一对夫妻，更像两个在玩"过家家"游戏的小孩子。米尔德里德看到他们俩如此年轻，难以置信他们已经是夫妻并且生了孩子。但是其他熟悉亚瑟和露易丝爱情故事的人，就一点儿都不感到惊讶了。看见亚瑟和露易丝都神采奕奕，大家也就放心了。

"宝宝怎么样？"远道而来的客人开口就问宝宝的情况。露易丝笑笑，告诉他们宝宝再好不过了。

房车拉着一车行李在路上跑着。"加利福尼亚是个好地方！"露易丝说，"你会喜欢我们复古的老房子。约翰大伯，帕琪，我们养了一群白色的小鸡！还有一头新生的小牛！贝丝！道尔应该睡在闹鬼的房间里……"

"闹鬼？"道尔少校大吃一惊，眼睛都瞪大了。

"我肯定那只是老鼠，"露易丝说，"但是墨西哥女护士坚持说那是老奇蔷鬼本人。现在我们的果园里，橙子还没长成，不过玫瑰正开得热闹……

露易丝继续兴致勃勃地介绍她的果园世界，一会儿又急切地问询纽约朋友们的近况。

露易丝的妈妈现居巴黎，这让亚瑟·威尔登很满意。因为即使是露易丝，也不太想念这位追求名利、以自我为中心的妈妈。而露易丝却不是看重名利的人。约翰和他的外甥女们也知道，永远不要妄想能在亚瑟的果园里看见梅里克太太。

将泥混上油漆，然后压平直到看起来像沥青，这就是加利福尼亚州的道路。尽管如此，所有的道路都是林荫大道。汽车在这片美丽的土地上疾驰。时间虽然已至十二月份，但还有绿油油的植物映入眼帘，道路两旁仍盛开着大片的玫瑰和康乃馨，芳香扑鼻。二十分钟的车程将他们带到一条种植着高大棕榈树的大道上，直通位于埃尔大峡谷的果园。

最初，有三代的西班牙贵族在埃尔大峡谷居住过。最后一代克里斯托瓦尔建造了这栋房子。这是一座宏伟的住所，四周是开阔的球场，叮叮咚咚的喷泉，高大威武的棕榈树摇曳着树冠，投下斑驳树影。南翼的建筑较古老，设计师将它融入了现在的版图，使其更为夺目。巨型土砖砌成厚墙，更彰雄伟。这些土砖没有经过日晒，通常用于建造土房。这里的气候不潮湿，这样的构建使得整个房子冬暖夏凉。房子周围被热带和亚热带树木环抱，树木参天，如云如盖，万顷苍翠。西南方向是玫瑰花田，各色鲜花芬芳斗艳。

克里斯托瓦尔先生专门为妻子建造了这幢房子。他的妻子马德里小姐是公认的大美人。但是因为隐居在这片与世隔绝的地方，她一直郁郁寡欢，最后精神失常，绝望而终。克里斯托瓦尔曾是一位声名显赫的贵族，受妻子离世的打击，他完全变了个模样，变成了一个臭名远扬的吝啬鬼、守财奴。他对待印度仆人和墨西哥仆人冷酷无情，不给他们食物或薪水。最后克里斯托瓦尔的死对大家来说反而是一种解脱。随后，这座大宅子几经易手。最终，这座面积三百多英亩，种植着橙子树和橄榄树的宽敞的宅子，卖给了年轻的亚瑟·威尔登。

此时，大家站在宽敞的石头走廊上。露易丝自豪地说："这里大得离谱，但是很古雅，令人陶醉，我爱这里的每一块砖，每一块石头！"

"宝宝呢！"帕琪尖叫起来。

"我们可爱的宝宝在哪里？"贝丝也兴奋地叫起来。

这时，一个脸色黯淡的墨西哥女仆从房子里走出来。她的怀里抱着宝宝，宝宝被裹在柔软、蓬松的抱毯里。两个女孩马上就兴奋地叫起来，把约翰都吓了一跳。

"小心！你会把她闷坏的！"约翰紧张地说。

露易丝觉得这场面很滑稽，咯咯地笑起来。宝宝似乎也知道眼前的场景很难得，她挥动着胖乎乎的小手，发出咕咕的声音，似乎在欢迎她的两位阿姨。

第三章 千万宠爱集一身

"噢，我亲爱的宝宝！"

"该我了！帕琪！别这么自私！让我再亲亲她！"

"贝丝，够了！给我我的外甥女！"

"她也是我的外甥女！"

"把宝宝给我！你都把她弄哭了！"

"我没有，她在笑呢，因为我吻了她的小鼻子。"

"不过她真是可爱，不是吗？"

"好啦，"露易丝建议说，"该让约翰大伯和道尔叔叔瞧一眼啦。"

帕琪这才不情愿地将宝宝交给约翰。约翰站在那里，紧张地说："对，对！"然后小心翼翼地用指尖轻轻地碰了碰宝宝胖乎乎的脸颊。"真是一个可爱至极的孩子，真的！长大肯定有出息。但，她，她是不是太柔软啦？"

"当然啦，约翰，所有的宝宝都是娇嫩的。你不打算亲亲小宝宝吗？"

"我？我不会弄伤她吗？"

"一点儿也不会，贝丝和帕琪不是早就把她亲了个遍吗？"

"宝宝，"道尔少校温柔地说，"宝宝就是让人亲的。不管怎么样，这就是对他们一生下来毫无能力的惩罚。"语毕，道尔少校心满意足地亲了亲宝宝的两颊。

道尔一番故作勇武的话也鼓励了约翰，不过约翰亲了小宝宝之后，一脸的羞怯和尴尬，就好像他对一位小女士做了一件不公平的事。

"她看起来很红，露易丝。"约翰借此来掩饰自己的窘迫。

"噢，不，大伯，所有人都说珍是他们见过的同龄宝宝中最白的！要知道，她才五个月大。"

"天啊，她真小啊！"

"但是她在一天天的长大。"

亚瑟刚好从车库里回来。他问："你们觉得珍怎么样？"

接下来，大家的溢美之词简直要把年轻的夫妻搅晕了，不过他们还是非常的高兴。正当他们还在讨论时，米尔德里德·特拉弗里斯静静地从露易丝怀中接过宝宝，温柔地抱在怀里。这一幕只有道尔少校一个人注意到了。

黑皮肤的墨西哥女仆看见了，眼睛里升起一股熊熊怒火。她伸手就拉住米尔德里德的袖子，当她对上米尔德里德冷酷深邃的眼睛时，便马上将手缩了回去。墨西哥女仆愣了愣，终究还是将宝宝从米尔德里德的怀中抱过来，匆忙地回屋子里去了。

亚瑟注意到了最后一幕，不禁轻轻地笑了。道尔少校则双眉紧锁。米尔德里德交叉着双手，站在人群后一动不动。露易丝正在饶有兴致地和两个表妹说话。

"那就是喂宝宝吃辣椒肉末的墨西哥女孩？"约翰紧张地问。

"天啊，不是！"亚瑟说，"谁告诉你什么辣椒肉末的？"

"没记错的话，是道尔说的。"约翰回答，"不管是什么，正如露易丝在信上写的，是一种热乎乎火辣辣的食物。"

"噢，当然不是！那只是墨西哥人治疗的方法，我对这方法很有信心，它救了孩子的命！这个女孩真是棒极了。"

约翰咳了两声，局促不安地看着米尔德里德小姐。米尔德里德假装没有听到这段对话。但是道尔少校心里却乐开了花。

露易丝趁机转移注意力，邀请大家进屋。屋子富丽堂皇，直面开阔的庭院，午宴的桌子设在庭院里棕榈树投下的阴影中。

墨西哥女仆伊内兹坐在庭院的石凳上，怀里紧紧地抱着小宝宝。

贝丝和帕琪对食物没有什么胃口，这让亚瑟很惊讶。约翰和道尔少校则在两个墨西哥女仆的服侍下饱餐了一顿。

"你只请墨西哥人当仆人吗？"当最后一个墨西哥仆人终于离场，露易丝和两个女孩到处闲逛时，约翰忍不住问亚瑟。

"都是墨西哥人，除了大厨是中国的。"亚瑟回答，"美国人不可能为你服务，日本人我是不会聘请的。果园里的帮手在这里工作已经好多年了，但是家里的仆人是我来到这才请的。"

"经常偷懒吧？"道尔少校猜测。

"说得没错。但是他们很忠诚，也很听话。你会注意到我聘请的仆人比同等的家庭要多两三倍。虽然工资相对较低，但是他们也都满意。果园里的也是一样。如果没有墨西哥人的帮忙，这里肯定都乱套了。"

"果园能挣到钱吗？"约翰问道。

"我来这里不久，还未发现。"亚瑟笑了笑，"迄今为止，该花的我已经花了。下个月就能迎来橙子的大丰收，橄榄也该长熟了。但是我预计，到今年年底，花销会比收入大。"

"加利福尼亚的果园不挣钱吗？"

"怎么会不挣钱，听说我的一些邻居都发大财了，但是他们都是有经验的牧场主。再说了，北边那家人都快破产了，就是因为他是来自南方的新手。我从中汲取教训，我希望这不是一个单纯种植的地方。"

"你会一直留在这里是吗？"道尔少校惊讶地问。

"要是居住的话，这里是全世界最棒的地方，当你了解这里后，你也会承认的。"

这时，载着行李的车回来了。帕琪和贝丝着手收拾房间，准备"定居"新家啦。

第四章 小珍的两位护士
阿姨

约翰带来的这位陌生女护士，让露易丝深感为难。最初，她不知道是否该接受米尔德里德。直到这三个表姐妹一起在房间，叽叽喳喳地聊过后，米尔德里德扮演一个年轻宝宝护士的角色才确定下来。

"你看到了吧，"帕琪说，"约翰舅舅总是在杞人忧天。你写信告诉我们宝宝患了疝气，而你又一味地依赖墨西哥护士，要知道，她是会喂宝宝可怕食物的啊！约翰舅舅就直言如此伤害一个宝宝就是一种犯罪！他说你需要一个有资质的护士。"

"但是，"露易丝不解地说，"恐怕你没有明白……"

贝丝却插嘴说："于是我就告诉约翰大伯我认识一个有经验的护士，她比一般的医生懂得还多！而且能保护宝宝免受各种危害。我就亲眼见到她照顾一个被汽车撞倒受伤严重的可怜姑娘。米尔德里德娴熟的技巧和她的怜悯之心深深地打动了我。一开始我不确定她是否会与我们一起来加利福尼亚，是否会愿意留在这里。但是当我提出来时，她发自内心的一句'谢天谢地'让我如释重负。于是我们就带她一起来了，还有……"

"说实话，贝丝，我不需要她。"露易丝说，"墨西哥人是公认的最好的护士。更何况，伊内兹对宝宝的照顾无微不至。我从她的旧东家请她过来时，她的旧主人对伊内兹可是赞不绝口的。亚瑟和我都觉得，是伊内兹及时有效的行动救了宝宝一命。"

"但那些可怕的滚烫的食物呢？"帕琪不满地说。

"那可是会毁了宝宝的肠胃！"贝丝也抗议说。

"不，那只是墨西哥人治疗疝气的方法，而且行之有效。可能是我太紧张了，在信里没有写清楚。但是我对伊内兹有信心。"露易丝回答。

"别放在心上，"露易丝继续说，"约翰大伯也是为我着想。让我们尽可能完美地解决此事吧。"

"我不知道你会怎么做，"帕琪怀疑道，"我们和米尔德里德签了合约，所有的费用也付了。"

"她能力超凡，你会发现的。"贝丝补充说。

"我从来不敢问她的家族史，但是我敢说，她肯定出身良好，也许比我们还要好。"

"她非常安静，而且含蓄。"帕琪想了想说道。

"当然，还是个受过培训的护士。我喜欢她的脸，但是她的眼睛让我很迷惑。"

"那也是她的一个不幸。"贝丝赞同道。

"看起来很冷酷，"帕琪说，"这很麻烦。无论如何都不能直视她的双眼，它们会排斥你。"

"我从来没有注视过。"贝丝说，"她的嘴巴很甜，脸部表情让人愉悦，一举一动都很优雅安静，就像，就像……"

"就像一只猫。"帕琪插嘴道。

"她熟悉所有的现代护理方法，也做过许多医院工作。"

"好吧，"露易丝妥协了，"我会和亚瑟谈谈，看看我们能做些什么。也许宝宝需要两位护士。我们不能解雇伊内兹，亚瑟比我更满意她。但是我想，要是有突发事件，有一位专业的护士在身边也不错。更重要的是，我不能让亲爱的约翰大伯失望啊。"

一小时以后，露易丝和亚瑟谈及此事。亚瑟看了看正在仓库里干活的米尔德里德，说："我们欠约翰的太多了，现在唯一能为他做的就是让特拉弗里斯小姐担任护士总管，让伊内兹做她的助手。墨西哥女孩会全心全意照顾珍，她现在也做到了。就这么办吧，大家都会满意的。"

约翰发自内心地感激夫妻俩体贴的决定，一脸欣慰的表情。露易丝接下来的任务就是和两位护士沟通，征得她们的同意，分好职责。米尔德里德·特拉弗里斯感激地点头，同意了任务的分配，她对露易丝的安排很满意。不过伊内兹就不那么高兴了，眼睛里闪烁着愤懑。

"你不再相信我了吗？"伊内兹委屈地问。

"噢！当然不是！我们一如既往地信任你。"露易丝说。

"既然如此，你们为什么还要聘请一个陌生的女人呢？"

"对于我们来说，她是约翰大伯送来的关爱。约翰大伯今天早上才来到这里，他不知道你在这里，不然，他肯定不会带一个护士来的。"

伊内兹依然不能平息下来。

"特拉弗里斯是一名技术高明的儿科医生。"露易丝继续说，"她会接骨，治病，医术不错。"

伊内兹点点头。

"我知道，一个会巫术的医生。"伊内兹嘟囔，"夫人，你可以不信任我，但是你也不能信任她。会巫术的医生是不能信任的。"

露易丝微笑着听伊内兹的话，觉得还是不要反驳她的观点为好。伊内兹赶紧回到婴儿房，紧紧地抱着珍宝宝，生怕别人从她怀里抢去。

第二天早上，米尔德里德对她最信赖的贝丝说："那位墨西哥女孩不怎么喜欢我，她整天抱着宝宝，生怕我取代她。"

"没错，"贝丝也有相同的感受，"但是你不要介意，米尔德里德，她可能有些小心眼儿，不太理解我们的方法。你觉得小珍怎么样？"

"我从没见过像她这么可爱、健康的宝宝。她能睡能笑，看起来很健康。如果她一直保持现状，我敢说，这就没有我的用处了。但是……"

"但是什么？"米尔德里德的犹豫让贝丝紧张起来。

"所有的宝宝都难避免会生病，小珍也不例外。雨季眼看就到了，潮湿对宝宝来说可不好。而且这里潮湿的天气会持续数月，到时，也许我能帮上忙。"

"你来过加利福尼亚州？"米尔德里德的话让贝丝忍不住问道。

米尔德里德犹豫了片刻，不敢看着贝丝。"我在这里出生。"她低声说，语气暴露了她紧张的情绪。

"的确，为什么我总是认为所有在加利福尼亚的白人都是来自东方呢。我不知道当地也会有白人。"

米尔德里德笑了笑，不过她的眼睛还是一样的冷酷，她眼里从来就难寻笑意。

"我才十九岁，"米尔德里德继续说，话语中有一丝苦涩，"我的爸爸三十年前来到这里。"

"南加州？"

"是的"

"你住在这附近吗？"

米尔德里德看着贝丝，慢慢地说："我还是个小女孩的时候，常常来这里，我的父亲认识克里斯托瓦尔先生。"

贝丝饶有兴趣地看着她，"多神奇啊！"她惊呼，"那么你和我们家关系肯定也不疏远！"

米尔德里德微微颤抖了一下，紧张地搓着双手。虽然她外表冷静，但内心还是十分敏感的。

"我希望，"米尔德里德故意回避话题，"我能为宝宝做点什么，我真的很喜欢她。伊内兹照顾人很在行，但是在紧急状况下她的判断不是完全正确。墨西哥人有困难时容易自乱阵脚，这对我们没好处。威尔登太太的决定很明智，不得不说，让我减轻不少苦工。我要时刻擦亮双眼，准备应对一切突发状况。"

贝丝很不满意这次的谈话，米尔德里德的话没有满足她的好奇心。米尔德里德对自己是怎么从一个加利福尼亚女孩转变成一个在纽约受培训的护士只字未提。贝丝记得，当初和米尔德里德商量来加利福尼亚的埃尔峡谷果园照顾一个新生婴儿的时候，她曾说了一句"谢天谢地"，贝丝由此判断米尔德里德是很渴望再次回到故乡的。但是她没有提及到任何家人和朋友，而且她似乎也不会去探望他们。

这件事有蹊跷，贝丝没有把米尔德里德是一个加利福尼亚女孩，并且对埃尔峡谷果园、甚至这座大宅子很熟悉的事情告诉帕琪和露易丝。也许哪天米尔德里德会告诉她更多，那么她就可以把整个故事告诉帕琪和露易丝了。

毫无悬念，约翰一家人早就迫不及待想要参观橙子园和橄榄园了。于是，亚瑟·威尔登大家庭的晚会就在超过三百英亩的果园里举行。

花园后面不远处，就是通向橙子园的路。深绿色的树丛中如今橙子满挂，或青色或淡黄色或深黄色，甚是好看。"在这里，五英亩的橙子园已经是相当大了。"亚瑟骄傲地介绍，"但是我的园子有110英亩，运输橙子到东部市场的货车都需要不少。"

"得费多大功夫才能把它们全部采摘下来啊！"帕琪惊叹。

"不需要我们摘。"亚瑟说，"我把橙子卖了，买家就会派人来摘，然后进行快速打包。他们根据橙子的大小进行分类，包装好就装上车。这是一个独立的专门业务，我们负责种植，别的事情不用操心。"

在橙子园和橄榄园之间，有条通向墨西哥工人住所的路。孩子们在草地上嬉戏，一群墨西哥人就在树阴底下惬意地抽着香烟。妇女们站在门口好奇地打量着渐渐走近的这群陌生人。

一个矮小的男人，头发和眉毛都已经花白，他从那群墨西哥人中站起来，走上前来表示欢迎。男人摘下大草帽，深深地鞠了一个躬。动作是如此的滑稽，帕琪差点就忍不住哈哈大笑了。

"这是米格尔·扎洛亚，果园工人，负责管理我所有的工人。"亚瑟说着，转身问米格尔："有事情吗？"

"一切顺利！"米格尔回答，他明亮的眼睛坚定地看着亚瑟，说，"冒昧问一句，珍小姐还好吗？"

"她非常好，谢谢你的关心。"

"珍小姐，"米格尔看了看这几位年轻的女士，不停地转动着手中的草帽，紧张地说，"珍小姐长得很漂亮可爱，是吗？"

"她是上帝的宠儿。"帕琪回答，她十分高兴有人如此喜欢小珍宝宝。

"每个人都喜欢珍小姐，"老米格尔继续说，"自从她降生以来，阳光更明媚，空气更清新，玉米粉蒸肉也更甜。伊内兹今天会带珍小姐过来看看我们吗？"

"大概会的。"亚瑟笑笑，然后就领着大伙往橄榄园走去。而米格尔的一番赞美之词则让露易丝高兴地往他手里塞了枚银币。米格尔乐得又向露易丝鞠了一个躬。

当约翰一群人走远了一段距离后，道尔少校说："毫无疑问，他对宝宝的评价一点儿也没错。但是我怀疑他是为了拿到赏钱才说的。"

"噢！不！"露易丝否认，"他很真诚。所有的墨西哥工人都喜欢宝宝。要是伊内兹一天不抱宝宝过来，他们就会一拥而入询问珍小姐是否安好。他们对宝宝的爱接近疯狂。"

"他们不工作吗？"约翰疑惑地问。

"当然工作了，"亚瑟回答，"你发现这果园有不妥的地方吗？和其他果园相比，这里是一个模范了。天刚亮，工人们就为果树松土；太阳下山，就为果树浇灌。但是中午阳光最猛的时候，他们不愿意干活，这已经成为规矩了。"

"他们似乎会偷懒。"道尔少校说。

"总体上，他们比一般的工人都要好。尤其是米格尔，他出色得多，实在是很聪明能干。他一直都住在这里，对这里的每一棵树都了如指掌。

"他也曾为老西班牙贵族克里斯托瓦尔干活吗？"贝丝问。

"是，他的父亲也是。我经常好奇老米格尔是怎样的人。根据他的故事，他是再普通不过的工人了。不管怎么样他很忠诚，能干，把手下的人管理得服服帖帖。我真不知道没有他我该怎么办。"

"看来果园里必须置办很多东西啊。"约翰观察说，"一个大宅子，一伙有经验的仆人，还有一个鬼。"

"噢！对！露易丝兴奋地说，"道尔，昨晚它有打扰到你休息吗？"

"我不知道，"道尔少校回答，"我累坏了，没被吵醒。因此来了鬼也不会打扰到我。"

"你见过那个鬼吗？"帕琪好奇地问道。

"没有，亲爱的，一点儿动静也没听见过。但是亚瑟见过。就在蓝屋子里，接近亚瑟的书房——这座宅子最漂亮的房间之一。"

"所以我让道尔少校睡那间房，"亚瑟补充说，"有那么一次两次，快半夜了，我还在书房读书、吸烟，然后我听见蓝屋子里传来诡异的嘈杂声，当时我以为是老鼠。这些老房子到处都是这样的小动物，没办法赶走。"

"我猜墙壁不都是坚固的，"露易丝解释说，"有些墙体有六到八英尺厚呢，都弄成实心的话就太浪费了。"

"土砖花不了多少钱，"亚瑟说，"而且建成空心的墙比实心的成本大多了。但是土砖之间有很多缝，我们的天敌老鼠最喜欢呆在里面了，我们奈何不了它。"

"但是那个鬼呢？"帕琪追问。

"噢，鬼只存在于墨西哥人的脑海中，就在这房子里。当那个无赖克里斯托瓦尔死后，他的鬼魂就一直住在这里。墨西哥人害怕而且讨厌这个老家伙，因为克里斯托瓦尔曾经是多么无情地对待他们。所以我们只能大老远从其他地方聘请仆人。即使这样，当他们听到这些鬼故事时，我们也很难安抚他们。"露易丝继续说，"小伊内兹特别迷信，因此我肯定，要不是她舍不得离开宝宝，她早就离开这里了。"

"伊内兹今天早上告诉我了。"贝丝说，"她说道尔肯定是个英勇超凡的男人，魅力十足，所有才没有被鬼魂打扰，不然他不会敢在蓝屋子里睡觉。"

"我当然有魅力，这是大家都知道的事情。"道尔少校大言不惭地应道。

说话间，大家已经置身于大片的橄榄树林之中。这个季节，橄榄果还是青涩的，但挂在绿绿的枝叶当中已经十分诱人了。亚瑟正和大家介绍橄榄文化。

"我知道了，"约翰说，"你的果园就是一场赌博，丰收的年份你就赢，收成不好你就输。"

"没错，"亚瑟承认，"但是现在欠收的情况已经很少了，这些年收成都很好。"

这趟果园之旅很累，但所有人都很开心。当他们回到家里时，仆人们已经在喷泉旁备好了午餐。帕琪和贝丝想见宝宝，于是伊内兹就带着宝宝过来了，米尔德里德跟在后头。两个护士间似乎还是不太友好，伊内兹满怀敌意地盯着米尔德里德，米尔德里德也回敬了一个敌意的目光。

两人的敌对让帕琪忍俊不禁，却让贝丝烦恼，让露易丝担忧。但是宝宝是最公平的。伊内兹抱着宝宝坐在椅子上的时候，宝宝对着米尔德里德张开双臂，甜甜地笑着。米尔德里德不顾伊内兹无力的反抗，温柔地将宝宝抱在怀里。米尔德里德照顾婴儿娴熟的专业技术和伊内兹的笨拙形成了鲜明的对比，所有人都注意到了。

大概伊内兹自己也注意到了这种区别，一脸愠怒和嫉妒。这时候，小珍又转向了她的前任护士，向伊内兹伸出了双手。伊内兹惊喜地大叫了一声，喜极而泣，赶紧将宝宝紧紧抱在怀里，连帕琪也不能使她放手。

这时，约翰已经吃完午餐了，帕琪和贝丝这才坐到餐桌前吃饭。伊内兹将宝宝放在约翰怀里，一个劲地叮嘱他要小心。

约翰有点尴尬，不过他还是很高兴。他叽叽咕咕地叫着，又做起了鬼脸，逗得宝宝咯咯大笑。

"先生，如果你做完这些傻事了，请把我的侄孙女还给我。"道尔少校一本正经地说。

"你的侄孙女？"约翰不满地回答，"她和你没关系呢，珍是我的侄孙女。"

"也是我的，"道尔少校坚持道，"你让她受到了惊吓。你快点把她交给我，你这个自私的人，不然你想我用暴力解决吗？"

约翰不情愿地将宝宝抱给道尔少校，道尔少校小心翼翼地接过她，仿佛他手中的不是一个宝宝，而是一只汝窑磁瓶。

"你看到了吧，"道尔少校用他的爱尔兰口音说，每当道尔兴致高时，他就用爱尔兰口音说话，"我亲自带大了一个女儿，约翰可没有照顾小孩的经验。而且我知道当——哎呦！放手！快放手呀！"

原来，小珍胖乎乎的小手正拽着道尔少校的胡子不放呢。道尔少校吃疼地喊叫起来，逗得大家哈哈大笑。

约翰笑得几乎要从椅子上滚下来了，他拉拉米尔德里德的衣服，示意她帮忙将小珍的手松开。

"笑吧！你们这些坏蛋。"道尔少校叫嚷，他抹了抹眼角的泪，对约翰说，"你应该庆幸你没有头发或胡子，就像个鸡蛋一样，不然你现在也会遭殃！"道尔少校转身看了一眼米尔德里德怀里的宝宝，断言说："她真是一个女版桑多！手劲大着呢！"（注：桑多是现代健身之父）

第五章 伊内兹的威胁

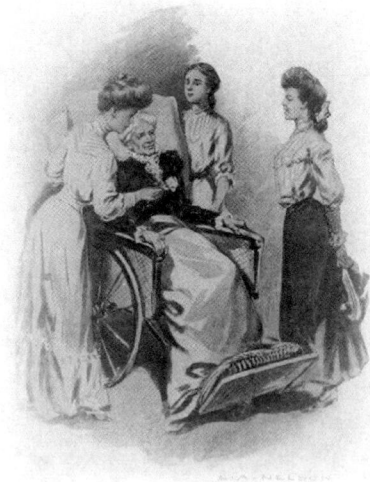

　　时间眨眼就过去了一个星期。这天，露易丝、贝丝和帕琪三个人坐在棕榈树下聊天。露易丝说："妹妹们，珍是个可爱的宝宝。我平时不说是因为我是她的母亲。如果她是别人的宝宝，我肯定会说同样的话。"

　　"当然，"帕琪同意，"我不相信还别的宝宝比珍更可爱，更快乐，更，更……"

　　"更幸福！"贝丝补充说，"每一个抱着她的人都会情不自禁地喜欢她。不由自主的，你知道的。即使我不是她的阿姨，我也会说同样的话。"

　　"没错。"帕琪说，"墨西哥仆人也喜欢她。即使是米尔德里德这样难以理解的人，我不确定她是不是冷血的，也对宝宝表现出了热情和喜爱。我不是指责米尔德里德，希望你理解。露易丝，我很惊讶，你居然能忍受宝宝长时间离开你的视线。"

　　露易丝微微笑了："我不是没有感情的母亲。我每时每刻都关心宝宝的去处，她从未离开过我的心里。不过，有两位如此能干的护士守着她，我觉得没有必要时刻将宝宝抱在怀里。"

　　这时，约翰和道尔少校过来了。约翰远远就大声说："我敢打赌一个蛋糕，你们肯定在谈论珍宝宝！"

　　"那么你赢了，"帕琪说，"再没有比这个话题更有意思的了。"

　　"珍？"道尔少校低声重复，"对于宝宝来说，这名字挺奇怪的。露易丝，你怎么想要给孩子取这个名字？"

"奇怪？瞎说，道尔，这可是一个有魅力的名字！"帕琪不服气地说道。

"她是跟着可怜的珍姨命名的。"露易丝说。

这话引来一阵尴尬的沉默。

"我的妹妹珍，"约翰充满敬意地说，"是一个受人尊敬爱戴的女士。"

"关于珍姨，我唯一记得的就是她把我们三个照顾得很好，而且因为她的关系，我们和约翰舅舅都很要好。"

"然后她就离我们而去了。"

"可怜的珍姨！"露易丝遗憾地叹了一口气，"我多希望能说点什么证明我一直都没有忘记她。如果宝宝是个男孩子，他就叫约翰，但是她是女孩子，我就让她随珍姨名，这是我唯一能做到的。"

约翰感动地点点头，"我自己并不是非常喜欢珍这个名字，但是这是一个家族名字，你能为宝宝命名为珍，我非常高兴。"

"珍·梅里克，"道尔少校说，"对于我和帕琪来说，这十分残忍，因此我很遗憾你这样为宝宝命名。"

"总是和我作对，是吧？"约翰说，"但是这个名字最独特的就是，你们三姐妹，曾经是珍姨的外甥女，现在，你们倒成为珍的阿姨了！"

"除了我，"露易丝笑笑说，"可以叫这样一个亲密的称呼，我很高兴。但是转回到珍姨的话题，她很懂赚钱也很懂生活，因此让宝宝随她命名我没有什么后悔的。"

"珍的名字，"帕琪说，"本来就很美，既简单又复古。现在这个名字和宝宝联系在一起了，我想肯定会赋予它新的含义和光彩。"

"这话说得不错。"约翰赞同道。

"亚瑟去哪里了？"道尔少校问。

"他在写每周的批信呢。"露易丝回答，"等他处理好了，他就会开辆大车载我们去镇上。我们计划在那里用午餐，傍晚凉爽的时候再回来。这样的安排满意吗？我亲爱的客人们。"

大家一致通过了这个提议。一会儿，亚瑟来了，手里还拿着信件。大家赶紧准备出发，亚瑟则去把车开出来。通常都是亚瑟一个人在开车，因为其他人都不会开车。亚瑟的车技很好，而且他也很享受开车。

露易丝走到婴儿房里，吻了吻正在熟睡中的小珍。米尔德里德在宝宝的床边看书，伊内兹则坐在窗户底下，双手抱膝，出神地望着窗外的花园。

婴儿房在南翼这边，正对着院子中的玫瑰园。房间的一角是落地窗，另一边连着一间小房间，那是伊内兹休息的地方，另一半的空间用作裁缝间。

婴儿房的对面是米尔德里德的房间，还有亚瑟和露易丝的房间，全都在一楼。这样的布置使得宝宝的房间两边都是护士房，而且父母的房间也只有一屋之隔。

这南翼据说是这宅子最古老的部分，也是墙体最厚的部分。楼上就是有名的闹鬼的蓝屋子，据说鬼魂们曾几次在里面举行狂欢派对。不去计较南翼粗糙的设计，这里还是一个让人欢乐的地方，所有的房间一年四季都能沐浴在阳光之下。

大家都往镇上出发后，伊内兹在窗户底下又坐了一会儿，偶尔冷冷地看几眼正在椅子上专心看书的米尔德里德。这位美国护士的出现使伊内兹很烦恼。她们两个之间还没有友谊可言，所以现在伊内兹才会决定一个人到庭院去走走，留下米尔德里德一个人照看正在熟睡中的宝宝。

伊内兹往墨西哥工人们的住所走去。十分钟之后，她走进了贝拉的家里，贝拉是米格尔的妻子，已经是一位皮肤皱皱的老太婆了，正在忙活着。

"啊，伊内兹，珍小姐呢？"贝拉感到很奇怪，以前伊内兹都是抱着宝宝过来的。

门边坐着几个黑黝黝的胡须男，他们也重复着贝拉的问题："珍小姐呢？"

伊内兹耸耸肩，无奈地说："她现在有新来的护士米尔德里德照顾着呢。在睡觉，我就出来了。"

"谁在睡觉？伊内兹？"米格尔疑惑，"是新来的护士还是珍小姐？"

"可能两个都睡了。"伊内兹嗤笑一声，然后走到窗前，咬牙切齿地说，"有一天我也许会杀了她，她有什么资格照顾我们的宝宝？"

米格尔若有所思地摸摸花白的胡须。

"这个米尔德里德对珍小姐好吗？"米格尔问。

"所有人都在看着的时候，当然还可以，"伊内兹勉强地回答，然后又悻悻地说，"可是有时宝宝嘲笑她的时候，她连宝宝都戏弄。可怜的宝宝一点儿都不知道。这个米尔德里德简直是个魔鬼。"

大家对这番话都无所表示，他们目不转睛地盯着伊内兹，想知道更多。

"她从哪里来？"米格尔问。在这群人中，他就是发言人。

"很远的纽约。"伊内兹向东边的方向示意。

"她为什么来这里？"米格尔继续问。

"那个光头的小个男人，约翰先生，认为我照顾不好宝宝。他认为米尔德里德在学校里培训过，读过书，有见识，知道怎么照顾宝宝，也照顾过很多宝宝。但是那些宝宝没有一个会像珍小姐一样！珍小姐是个天使！"

所有人都点头表示赞同。

贝拉说："这不是个坏主意，书本和学校是学习智慧的好地方。"

"不！对照顾宝宝来说不是的！"米格尔摇摇头，"书本和学校也不会长出橙子。读书万次不如实践一次。"

"除此之外，"伊内兹说，"这个米尔德里德还是个女巫！"

"怎么说？"

"我知道，她从纽约来，但是，她昨天和我说'让我们一起带小珍到伯尼的槲树园散步吧'。她怎么知道伯尼家有槲树园？还有，她第一天来到就说，把宝宝的牛奶放进你房间的地下室，然后封上石头保鲜。我住在这里都不知道有这么一个地下室。她知道角落里有石梯，然后她就推开了石墙，石墙像道门一样开了，然后我看见了地下室。但是她怎么知道的？除非她是个女巫。"

大伙都震惊了，米格尔也疑惑地挠挠头。

"我也不知道地下室的事。"米格尔说，"但是我比所有人都了解那大宅子。我曾经和克里斯托瓦尔先生住在一起。但是这个纽约女孩是怎么知道这些事情的？"

没有人知道答案，大家都一脸茫然。

"她姓什么，伊内兹？"米格尔突然问。

"特拉弗里斯。米尔德里德·特拉弗里斯。"

米格尔苦想了一会儿，深深地叹了口气，摇摇头。

"我在这生活了六十年，埃尔峡谷附近没有姓特拉弗里斯的。"他说，"我以为她以前在这里住过，但显然不是。追溯到以前也没有姓特拉弗里斯的。"

"北面有个特拉弗里斯大牧场。"贝拉说。

"姓名的话，没有特拉弗里斯。"米格尔更正道，他依然搞不懂这件事情。

伊内兹嘲笑他，"我告诉你吧，她是个女巫。我看她的眼睛就知道。"

墨西哥人骚动了。米格尔点燃一根香烟。

"这个女人我还没见过，"他说，"但是，如果她真的是个女巫，这对珍小姐可不好啊。"

"我就是这个意思！"伊内兹激动地说，"她会迷惑我们的宝宝，使她生病，甚至让她死去！"

墨西哥人马上惊慌起来，只有贝拉一个人没有反应。

"那是威尔登先生的孩子，不是我们的。"贝拉说，"如果他们认为这女孩没危险，那我们又有什么好说的呢？"

"我说她会杀了我们的宝宝的！"伊内兹激动起来，"贝拉，在她这样做之前，我会杀了她的！"

米格尔认真地看着伊内兹说："你真笨，伊内兹。有你看着，珍小姐不会受到一丝伤害。我问你，你的亲人在哪里？"

"住在圣地亚哥。"伊内兹不高兴地回答。

"我知道你的父亲。他是个好人，但他酗酒，如果你和那位新护士起争执的话，你会被遣回家，就再也见不到珍小姐了。所以，要冷静，并且要看好珍小姐。如果发现有什么不对劲的地方，马上告诉我们，这是最好的方法。"

第六章　与邻居们的晚餐

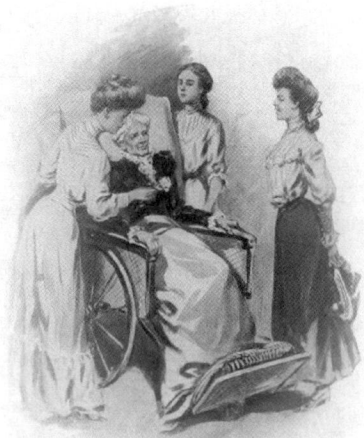

埃斯孔迪多是离埃尔大峡谷最近的城镇，风情独特。房子是现代平房和特色土房的结合。即使是在繁华的商业街，也能看见土砖房。

亚瑟驾车沿着大街，往一座饱经风霜、毫不起眼的建筑开去。最后，在一间挂着"餐馆"招牌的店前，亚瑟停下了车。

"噢！"贝丝看着眼前简陋的房子，深吸了一口气，问，"你在开玩笑吧，亚瑟？"

"开玩笑吗？我们不会是来这里吃午餐吧？"道尔少校也问。

"对啊，而且我很饿啦，"帕琪说，"你不是说这里有间很好的餐馆，就在主街上吗？"

"这里就是啦，"亚瑟说，"这间比较特别。如果你饿了，想尝试一点不寻常的东西，就跟我来吧！"

大家狐疑的神情让露易丝忍不住笑了。

亚瑟的一番话让大家都跟着他往餐厅走去。这时，餐厅厚重的门吱呀一声被推开了，走出来一个年轻的小伙子。看他的样子，大家都觉得他是一个牛仔，不然也肯定是个聪明勇敢的人。小伙子还很年轻，可以说还是个小男孩。他没有戴帽子，头发染成了两种颜色，个性张扬。他穿一件蓝色法兰绒衬衣，袖子卷了起来，土褐色的灯芯绒裤子。小伙子看见这群人，激动地走上前来并握住亚瑟的手。

"威尔登！这真是一个惊喜！"小伙子的声音令人愉悦，一听就是有修养有文化的人，和他粗鲁的衣着完全不符，"这几天我都试着给你打电话，但是电话线出了点问题。你的宝宝还好吗？"

小伙子最后的问题是冲着露易丝问的。露易丝兴奋地与他握了握手。

"宝宝活力十足，鲁道夫，谢谢你！"她回答，然后便向这位叫鲁道夫的小伙子介绍一行人。露易丝说，鲁道夫可是他们最亲近的邻居之一。

"我们总是到威尔登家拜访，因为我们两家相隔才5英里。他们搬来后，我们就一直很要好。我的妻子海伦非常喜欢珍·威尔登小姐呢，我也是。"鲁道夫说。

"你结婚了？"帕琪无法置信地问。

鲁道夫笑了。

"你可能觉得我还是个孩子，只适合与珍玩，但是，我要和你说，我已经能够投选票了，如果我愿意的话。"说完，他转向约翰，寒暄道："先生，我父亲早就听闻过您的大名了。"

"噢，你是钢铁大王安迪·哈恩的儿子吗？"

"相信那就是别人给父亲的尊称，父亲只是在金融界薄有微名。"

约翰说，"你在这里住了多久？"

"六年了，先生，我是这里的老居民了，威尔登只能算在这里'寄居'六个月。"

"当然，一张口就是东部口音，只是算住在加利福利亚的外乡人而已。"鲁道夫调侃道。

一群人说着笑着走进了餐厅里面。虽然地板上洒有木屑，但是餐厅还算是干净整洁的。餐厅老板是卡斯特罗，热情好客，讲一口流利的英语。

亚瑟对卡斯特罗说："这些是我的朋友，从美国东部来。我已经对你的烹饪夸下海口了，别让他们失望。"

"我可以加入你们吗？"鲁道夫问，"真后悔今天没有带海伦一起过来，她看见你们一定非常高兴。可惜我们不知道你们要来。电话坏了就不能联系到你。"

亚瑟说："我正准备去电话局看看情况，相信能在卡斯特罗准备好大餐前赶回来。电话坏了总让人不省心。"

"你必须去一趟，"鲁道夫说，"家里有个如此可爱的宝贝，一个电话就能把医生叫来，可是能节约你三十分钟宝贵的时间呢。"

"你的电话没坏吗？"露易丝问。

"没有，似乎只有你家的打不通。我估计是你家的电话坏了。"

"我马上就让他们派人来修。"亚瑟说着，就往电话局里走去，鲁道夫陪着他一起去了。

两人离开后，露易丝告诉大家关于鲁道夫的故事。

鲁道夫十七岁的时候就和他父亲的速记员——一个魅力十足，年仅十八，在华盛顿也属于名门的女孩子私奔了。一开始他父亲气坏了，誓言要剥夺他的继承权。但他发现那女孩子的家庭背景后，这位金融家开始改变主意了，他让这对小情侣往加利福尼亚去，并给了他们五十万美元经营果园。两个年轻人在此度过了六年平静的生活。夫妻俩没有孩子，所以他们将珍视为己出。"大多数时候，哈恩都开车过来埃尔大峡谷，只是为了看一眼珍宝宝。"

"鲁道夫，我们叫他'道尔夫'，他不是一个商业天才，所以他永远也不会继承父亲在金融界的地位。而且他管理的果园，每年都花费他父亲一笔大钱。但是他是一个好邻居，像个孩子一样天真，不受约束。"

当亚瑟回来时，他还带了另外一个果园邻居。这位邻居约莫三十岁，身材魁梧，足足有六尺高，进来时几乎都把门填满了。

他的眼睛深蓝而平静，眉毛像个小孩子一样乱糟糟的。这副滑稽的样子让每个第一次见他的人都会忍不住发笑。他走起路来让人感觉他是如此的精力充沛，勇于进取。当亚瑟向大家介绍他时，他的鞠躬让人联想到旧时的骑士。

"他是我另一位要好的邻居，是加利福尼亚州最有冒险精神的橙农。"亚瑟介绍着，咯咯地笑，好像表明他在说一件很有意思的事情。"

"是柠檬！"男人纠正道。他的声音挺高，中气十足。

"是，柠檬。"亚瑟赶紧说，"请允许我向你们介绍布沃尔·鲁尼恩，以前是纽约人，但现在是太平洋海岸的骄傲，他的橙子……"

"柠檬！"他幼稚的声音再次纠正。

"对！柠檬！他的柠檬是最酸，也是最多汁的。"

女孩子们都对如何向这位陌生人寒暄感到不知所措。道尔少校发现这一点后，便主动地说："能见到布沃尔·鲁尼恩是我们的荣幸！"

鲁道夫·哈恩笑了一下说："我们管鲁尼恩叫'跑恩'。"

"你理解错我的意思了，"布沃尔·鲁尼恩一字一顿地说，声音还是像个小孩一样欢乐，但其实现在他是皱着眉头的，好像在害怕海盗，"我不是公牛，不跑。但我是开车过来的，我的新车有……"

"原谅我，我们不会再谈论你的新车了。"亚瑟说。鲁尼恩每次见面都会喋喋不休地说起他的新车，"我们谈谈大家都有兴趣的话题吧。了不起的卡斯特罗又做了一些特色菜肴，我们希望你能帮忙评价一下。"

"乐意至极，我饿坏了，"鲁尼恩说，"我七点的时候吃过早餐，你知道的，像我这样一个要工作的男人，还要骑着我的新六缸车过来……"

"忘记你的新车吧，合拍点。"鲁道夫乞求道。

"宝宝怎么样了，威尔登太太？"

"健健康康的，最近你怎么没来看看她？"露易丝回答。

"我听说你有亲戚到访。"鲁尼恩说，"上次我去就呆了三天，把我的果园都忘得一干二净。我有个遗嘱，威尔登太太。"

"遗嘱！我希望你不会是要死了吧？"

"不会，我讨厌离开我的新车，它……"

"布沃尔，拜托，回到正题吧。"

"但是生命短暂，没有人知道它什么时候会终止。因此，正因我爱这个宝宝超过了其他任何有生命或没生命的东西，噢，除了……"

"不要再提你的新车了。"

布沃尔叹了口气。继续说："所以，威尔登太太，我让珍做我的继承人。"

"噢！跑恩！你不是有贷款吗？"

"是的。"

"土地抵得过贷款吗？"亚瑟问。

"刚刚好，虽然贷款的人不这样认为。但是我这里所有的财产都在快速增值，"鲁尼恩认真地说，"所以，如果我能成功再持有一会儿，珍至少也会继承几棵柠檬树。"

约翰对这个有着细嗓门的大汉颇有好感。虽然道尔少校拍拍鲁尼恩的肩膀，说："不管贷款多少，个人品行是最重要的。"

这时，卡斯特罗端来了他的第一份惊喜，一道美味的汤。围坐在油布桌边愉快而友好的派对就开始了。

孩子气的鲁道夫则在捶胸顿足，懊恼着没有带海伦一起来。因为她最喜欢卡斯特罗的烹饪了。鲁尼恩则兴致勃勃地解释他新车的电动式启动装置，能把其他人甩开老远。这顿午餐结果成为了一顿盛宴。每一道菜都是诱人的美味，以至于大家都狼吞虎咽地吃起来。除了露易丝，其他两个女孩都没有吃过这样的美味，都在猜着这些菜是什么做的，不过大家都赞同帕琪所说的"卡斯特罗是最棒的大厨"。

"如果有桌布和餐巾，像样的地毯，就更好了。"一向讲究的露易丝说。

"噢，这会把餐厅的特色都毁了。"约翰反对，"不要向卡斯特罗提这种建议。要提也至少等我们回纽约再提。"

"我用我的车载你回去吧。"鲁尼恩对坐在旁边的贝丝说，"我根本不需要费劲，你知道的,我的车……"

"你的橙子都卖出去了吗？"亚瑟插嘴问。

"是柠檬，先生！"鲁尼恩责备地说。看到亚瑟极力阻止他谈论他的新车，大家都笑了。

饭后，大家穿过幽暗的走廊，从宴会室来到茶厅。作为东道主的亚瑟提议大家再喝喝咖啡，聊聊天。但是鲁尼恩和鲁道夫都不同意，反而建议早点回去埃尔大峡谷看看宝宝。两人如此的坚持，亚瑟夫妻也只好同意了。

三个男人都有自己的车，一个小时后，大伙出发了。贝丝坐鲁尼恩的车，帕琪则坐鲁道夫的车。

"我们要去接海伦，"鲁道夫说，"如果她知道我撇下她去看宝宝，她会生气的。"

"是我们的宝宝太可爱了吧？"帕琪说。

"没有一个宝宝像她那样可爱。"

"她的笑容仿佛带有魔力，让每一个人都为之倾心。"

"她还是那么的柔软！"帕琪兴奋地说。

"但是我猜她长大了就不会这么柔软了。"

三辆汽车很快就开到了哈恩漂亮的房子前，海伦·哈恩太太马上便同意了去看望宝宝。哈恩太太是个不善言谈害羞的少妇，但是她外表清丽脱俗，而且个性很好。帕琪和贝丝都很高兴露易丝能有如此魅力十足、年龄相仿的邻居。

鲁道夫非得让大家喝上一杯柠檬水才出发。等到大伙出发时，太阳已西斜。埃尔大峡谷距离这里五英里，也不远，一群人放慢了节奏，慢慢享受此刻漂浮着片片彩云的天空。鲁尼恩是一个单身汉，住在亚瑟果园另一边几英里外的地方。三个果园曾经都是西班牙贵族克里斯托瓦尔私产的一部分。

第七章 离奇失踪

　　女仆早早就在门口迎接主人和他的客人们。露易丝将客人们招呼到会客厅，然后对女仆说："让特拉弗里斯小姐把宝宝带过来。"

　　可是女仆去了好久也没有回来，露易丝只好前去看看发生了什么事，才走到一半，就碰上了一脸迷惑的女仆。

　　"特拉弗里斯小姐不在，夫人。"女仆说。

　　"那就让伊内兹把宝宝抱来。"

　　"夫人，伊内兹也不在。"

　　"那宝宝在哪里？"

　　"珍小姐不在婴儿房，夫人。"

　　露易丝赶紧向婴儿房跑去，听到对话的亚瑟也大步跟上。婴儿床上，被子被扔到了一边，宝宝似乎是在熟睡中被快速地抱走了。

　　"天啊！"露易丝恸哭起来，"宝宝不见了！我的宝宝不见了！"

　　"不见了？"亚瑟疑惑地问，"什么意思？露易丝，她能去哪里？"

　　这时，尾随而来的约翰轻轻地拍拍亚瑟的肩膀，安慰他说："别着急，孩子，没什么好担心的，也许是两个护士带宝宝去散步了。"

　　"在晚上的时候吗？"露易丝大叫，"不可能！"

　　"现在才傍晚时分，也许她们有事耽误了。"约翰安慰道。

　　"但是这时候天也凉了，而且……"

"婴儿车还在这里！"亚瑟指着角落的婴儿车说。

亚瑟和露易丝对望了一下，脸唰的一下都白了。约翰注意到两人的神情，又说："别多想！有两个能干而且全心全意爱护宝宝的护士在，宝宝是不会受到丁点伤害的，我保证。"

"那她去了哪里呢？"亚瑟问。

"嘿，怎么啦？"帕琪走进来问。由于大伙都被晾在会客厅，帕琪和贝丝便过来看看情况。

"宝宝不见了！"露易丝倒在椅子上，伤心地哭起来。

"不见了？不可能吧？"贝丝说着，走到婴儿床边，伸手摸了摸床褥，是冰冷的。很显然，宝宝已经不在床上许久了。

"在我们着急之前，"约翰努力保持平静，"让我们好好弄清楚这件事。我敢肯定，宝宝不会离奇失踪的。"

"问问仆人们吧。"帕琪建议。

"对，问问她们。"门口响起尖锐的男音。昏暗的灯光下，大个子鲁尼恩和小个子鲁道夫以及他的妻子海伦，都一副惊慌的面孔。

"我，我看不出有什么好担心的，亲爱的露易丝。"哈恩太太说，她其实声音也激动得发抖了，"没有一个人会忍心伤害如此可爱的宝宝。"

亚瑟转身对女仆说："把所有的仆人都叫过来，每一个都要！快！"

很快，仆人们都被聚集在婴儿房里。房间里现在点了灯，灯光照着这五位女人，有的年迈有的年轻，都是墨西哥人。除了一个叫辛芬的是中国人，他蜡黄的脸上毫无表情，叫人猜不出他的年龄。

约翰和鲁道夫帮助亚瑟问仆人们。玛西亚称看见特拉弗里斯小姐在两点钟的时候独自离开了屋子，似乎是去散步。不过玛西亚不知道她往哪边去了，也不知道她有没有回来过。她大概穿了一件斗篷，不过玛西亚不能确定。天气很暖和，显然，她不会穿外套。是帽子吗？噢，没有，不然玛西亚会注意到的。

负责整理房间的尤拉莉亚能回忆起伊内兹的行踪。她看见伊内兹坐在庭院里，一脸沮丧。时间大概是两点半，也可能是更早一点，尤拉莉亚记不清了。屋里的仆人都忙着干自己的活，谁也没有太注意这两位护士。

但是谁也没看见宝宝，如果不是伊内兹中午带她出去散步，那就是特拉弗里斯小姐把她带走了。

询问的结果并没有让人放心。辛芬报告说特拉弗里斯小姐在十二点半的时候曾在厨房为宝宝准备流食，但是她和伊内兹都没有和其他仆人一起吃午餐。这看起来也正常，但和其他事情联系在一起，就引人怀疑了。

"也许他们都在墨西哥工人的住所那里。"帕琪突然想到。

亚瑟和鲁道夫马上往墨西哥人的住所赶去。

"会没事的。"鲁道夫在路上安慰亚瑟说，"宝宝和护士不会无故消失，也不可能迷路或被偷，所以别担心。"

"理智要我同意你的说法，"亚瑟回答，"但是她们的失踪有太多奇怪的地方了。"

"我们找到原因就不奇怪了，你知道的。"

男人都在橄榄园里干活，几个女人在小屋里。贝拉听着亚瑟的问题，都惊呆了，其他匆忙集合过来听到这番谈话的人，也面露恐惧的神色。

"这个月，"贝拉说，"伊内兹很少带珍小姐过来，呆的时间也很短，一会儿就走了。"

"当伊内兹在这里的时候，"另一位女人说，"我看见一位美国护士，躲在竹篱后面，远远地看着我们。"

"你是如何知道的？"贝拉转向这位女人，尖锐地问。

"因为她是一个陌生人，"这位女人冷静地说，"伊内兹也看见她了，所以她才匆忙离开。"

"她往哪条路走的？"亚瑟问。所有人指向通往大宅子的路。

"没关系，"鲁道夫建议说，"我们都知道随后两位护士都回到了屋子里。重点是宝宝不在。"

亚瑟和鲁道夫打道回府的时候，迎头刚好碰上老米格尔。夕阳底下，树荫正浓，但是还是能看出这位墨西哥老人斑白的头发。

"你见过宝宝吗？"亚瑟张口问道。

米格尔注视着两人，他走近来，把脸凑到主人面前，更认真地看着他，说："珍小姐？您是说珍小姐吗？"

"是的，快点告诉我，你知道她在哪里吗？"

"珍小姐肯定在屋子里。"米格尔说。他把一只手放到眼睛上面，看起来似乎对主人的问题很困惑。

"她不在家里，"鲁道夫说，"她不见了，连两个护士也跟着不见了。"

"伊内兹不见了？"米格尔傻傻地重复问道，"那我恐怕她是带着珍小姐走了。"

"带她走了！她为什么这样做？"亚瑟激动地问。

"她妒忌纽约来的女孩特拉弗里斯小姐。伊内兹说她要杀了特拉弗里斯小姐。但是我告诉她不要，我说最好不要。但是伊内兹讨厌这个女孩抢走了宝宝。伊内兹对宝宝的爱已经接近疯狂，她失去理智了。"

当亚瑟还在消化这些信息时，鲁道夫对米格尔说："那么你没有见过宝宝？你不知道她去了哪里？"

老人给摇摇头说："不知道，哈恩先生。"

"你不知道伊内兹去哪里了？"

"不知道，哈恩先生。"

"另外一个护士——美国女孩，你也不知道？"

"不知道，哈恩先生。"

询问无果，两人只好匆匆赶回家，留下米格尔一人站在路边。

第八章　未解之谜

回到家中，亚瑟发现露易丝已经急得歇斯底里了。贝丝、帕琪和海伦想尽办法在安慰她，让她冷静。约翰、道尔少校和大个子鲁尼恩无助地看着眼前悲痛的场景。

"怎么样了？"约翰看见威尔登和哈恩回来了，赶紧问道："有什么消息吗？"

亚瑟摇摇头，走到妻子身边，弯腰亲了她的额头，低声说："亲爱的，勇敢一些。"

这温柔的举动反而更让露易丝失控。

"你看看，我们正在浪费时间。"鲁尼恩激动地说，他的声音简直有C调高，"我们得做点什么！"

"当然，"帕琪对露易丝说，"我们人多点子也多。让我们一起想想解决方法，制定可行的方案。"

"首先，"帕琪说，"让我们直面事实，宝宝已经离奇的不见了，与她一起不见的还有两位护士。"

"未必是和宝宝一起。"鲁道夫反对，"是两个护士也不见了。现在，问题是，为什么不见了？"

"不要用'为什么'迷惑我们，"帕琪说，"我们不在乎为什么。最核心的问题是'哪里'，我们最想知道的，就是找出宝宝的下落，然后带她回到我们身边。"

"但是宝宝还不会走路，她不会一个人不见的，有人带走了她。"

"不错，"约翰同意，"帕琪你的分析错了。我们必须知道是谁带走了她，以及为什么带走她。然后我们找到她的成功几率就大。"

"那人肯定是步行的，"帕琪坚持说，"附近仅有的四辆汽车现在都停在我们车库和花园里。加利福尼亚州土地辽阔，靠走的话，她们去不了哪里。"

"对！"亚瑟激动地对露易丝说，"这符合米格尔对伊内兹的猜测，和……"

"什么猜测？"大家齐声问道。

"别管是什么了，"鲁道夫说，他焦急地看着露易丝，"我们赶紧出发找宝宝吧，路上说。"

"我们得决定寻找路线，所有人一起找。"

"周围已经漆黑一片了。"鲁尼恩说。

"难道你还想等到天亮吗？"鲁道夫讽刺地问。

"不，我想马上就找回宝宝。"

"那么，你就往北边走，一直到图格拉的果园。路上的每一处人家都要问。当你到了果园，就从麦克米伦路回来。路途有六十英里，整个北边和西北方向都包含了。约翰和你一起出发，现在就去吧。"

鲁尼恩点点头，马上就往门外走去，一直想帮上忙的约翰也赶紧跟上。很快，大家就听到了汽车发动的声音。

然后是亚瑟开车去埃斯孔迪多打探消息，检查每一辆出发的火车，道尔少校和他一同前往，回程也是选择另一路径。哈恩保证搜寻完剩下的两条路，预计两到三个小时后返回，如果还是毫无音讯的话，他们就要进一步制定方案寻找宝宝了。

直到宝宝找到之前，海伦都陪在露易丝身边。亚瑟离开后，露易丝便一直在房间里绝望地哭泣。

辛芬让仆人通知大家就餐，但没有人有心思吃晚饭。

男人们都出发后，帕琪让海伦陪着露易丝，自己和贝丝继续留在婴儿房里。

帕琪对贝丝说："他们都出发了，我们必须解决哈恩留下的问题'为什么'。"

"真希望我能派上用处，亲爱的，"贝丝伤心地说，"但恐怕我们两个人也想出个所以然来。我们怎么能知道宝宝为什么会被偷了呢？"

"她是被偷了吗？"帕琪问，"我们谁也不敢说。让我们冷静一下，开动脑筋。现在的情况是：宝宝不见了，问题是为什么呢？"

"我们不知道，没有人知道。"

"肯定会有人知道。正如鲁尼恩所说的，小珍还不会走，如果她不见了，那肯定是有人带走了她。是谁呢？为什么呢？带去哪里了呢？"

"天啊，如果我们知道，就会找到宝宝了。"

"没错，所以我们要找到一些线索。"

帕琪走到米尔德里德的房间，检查了一遍。房间还是和平日里一样的摆设，但是米尔德里德的小饰品和值钱的东西很多都到处散落。

"她的离去不是预先计划的，"帕琪说，"只有她的白色小外套不见了。但是这只能证明她想在天黑后出去。这里日落后天很凉，毫无疑问米尔德里德知道这一点。"

"她曾经住在这里，她当然知道。"贝丝大叫。

帕琪认真地看着贝丝说："我倒不知道这一点。你的意思是米尔德里德曾经在这附近住过？"

"是的，离这里很近。她告诉我，很多年前当她还是个小女孩时，就知道这个地方了。她曾经和他的父亲来过这里，她的父亲是克里斯托瓦尔的一个朋友。"

"哈！"帕琪惊讶，"这就奇怪了，当我们说要带她来这里时，她为什么不告诉我们？"

"我不知道，我记得我第一次向她提起加利福尼亚的事情时，她高兴得不得了。但当时我觉得可能是因为她终于找到了一份有薪酬的工作。"

"她什么时候告诉你这些的？"

"最近。"

"她还说了其他什么吗？"

"没有了。我问她是否还有亲戚住在这里，但她没有回答。"

"贝丝，我很震惊！"帕琪一脸严肃地说，"这让整件事情复杂了。"

"我看不出来。"

"因为，如果米尔德里德熟悉这一带，她想偷走宝宝并藏起来的话，她就可以带着宝宝去她某个朋友那里，我们永远也找不到她的藏身之所。"

"她为什么要偷走宝宝呢？"贝丝问。

"为了钱，赎金。她知道亚瑟很有钱，约翰舅舅更有钱，宝宝是我们的掌上明珠。即使她狮子大开口，我们也会满足她的要求。"

"那我们可以起诉这个拐骗者啊，"贝丝说，"不，帕琪，我不相信她是这样的人。"

"我们对她的过去一无所知。而且她神神秘秘，有所保留。"

贝丝正想反对帕琪对米尔德里德的分析，但她想了一会儿，还是决定保持沉默。目前的情况都把矛头指向了米尔德里德，贝丝也没理由为她辩护，即使她坚信米尔德里德还是当初那个乐于助人的女孩。

"我们还要考虑伊内兹，"贝丝说，"那个墨西哥女孩有什么疑点吗？"

帕琪回答："我们马上就会讨论到她，先讲完米尔德里德。很显然，她有不为人知的过去。一个贫穷的女孩，在我们给她这份工作前，迫切地想挣自己的生活费，她有着排斥友谊的眼神。如果她想绑架珍，她是没什么好损失的。她很喜欢宝宝，我能看出来，所以她不会伤害我们的宝宝，在我们交出赎金前肯定会照顾好她。贝丝，如果理由成立，我们就不必担心。明天早上亚瑟就能知道绑匪的要求，而他会第一时间满足绑架者。"

"不错的推理。"贝丝说，"不过我一个字也不相信。"

"我希望我的推理是正确的，"帕琪说，"不然我们面对的问题就更严重了。"

"伊内兹？"

"是的，伊内兹没那么聪明，她不在乎钱，她绑架珍不会是为了钱。但是这个墨西哥女孩将宝宝视为己出。她可以为宝宝去死，她……"帕琪说到这，不由得降低了声音，说，"她也会为了宝宝杀任何人。"

听到这可怕的猜想，贝丝不由得颤抖了。

"你的意思是……"

"现在，让我们冷静地分析一下这件事。首先，米尔德里德一来就做了护士长，伊内兹觉得自己没有了存在感，所以对她恨之入骨。她害怕最后米尔德里德会从她手中抢走宝宝，这是她不能忍受的。所以她为了能占有宝宝，就带着她逃走了。"

"那米尔德里德呢？"贝丝问。

"至于米尔德里德，有两个猜想。她也许是发现了伊内兹偷走了宝宝，于是便追出去。或者……"

"或者什么？亲爱的？"

想象力丰富的帕琪犹豫了一下，她被自己的想法震惊了。

"或者伊内兹在盛怒之下将米尔德里德杀了，然后毁尸灭迹。为了躲避惩罚，她就带着宝宝逃走了。总有其中一个假设能解释两位护士的消失。"

贝丝吃惊地看着帕琪："我觉得，你应该去吃点东西，或者喝杯茶。亲爱的帕琪，你兴奋得几近疯狂。"

"哈！食物会让我恶心，而且我没有疯，贝丝。这个世界偶尔也会发生可怕的事情。露易丝周围有很多奇怪的人。想一想，我们的宝宝不见了，而宝宝的两位护士，没有一个能完全信任的，也都不见了。总会有原因的，贝丝，你应该要意识到这不正常。我已经努力用逻辑去分析这件事情了。"

"伊内兹会为宝宝的安危着急，米尔德里德也是。"

"我知道。只要想到宝宝可能置身于危险之中，我就会抓狂，会比露易丝现在叫得还大声。你听见她嚎哭了吗？这太可怕了。"

"我们把这些假设告诉露易丝吧，"贝丝从椅子上站起来，说，"你的假设都很悲观，但是至少能让我们稍微放心一下宝宝。我们可以告诉她吗？"

"我觉得告诉她会比较好。"帕琪决定。

于是，两人离开婴儿房，走进庭院中。宽阔庭院的远处，站着一群手提灯笼的男人。帕琪走上前，才知道他们都是墨西哥工人。米格尔走前一步，鞠了个躬，说："我们在寻找宝宝。"

"很高兴你们有这样的想法，米格尔。"帕琪说，"其他人都开车去找了，但是这个庭院，远离公路的地方，农田和果园也需要搜查。马上派他们出去找，每个方向都要去。"

米格尔马上就转身，操着一口西班牙方言，安排手下搜寻。墨西哥男人一个接一个地转身，然后消失在黑夜中。只有米格尔还在。

"每个人都爱珍小姐，"他开口说，"他们都自动请求帮忙找宝宝，都想尽快找到，他们会尽力搜寻的。"

虽然嘴上这么说，但是米格尔冷淡的语气引起了帕琪的注意。看不出米格尔对此事着急上心，而他似乎也不重视搜寻工作。但是帕琪知道，这位上了年纪的老人是一个对"珍小姐"最忠诚的仆人。

"你觉得宝宝会在哪里？"帕琪突然问道。

"谁知道。"米格尔开口就说了西班牙方言，然后又用英语说了一遍。

"放聪明点，米格尔！没有人能伤害宝宝，我肯定。"

米格尔笑了笑，露出一脸皱纹："我相信没有人会伤害珍小姐。"

"但是有人把她带走了。"

米格尔耸耸肩，说："她会回来的。"

"现在，米格尔，你比任何人都清楚这件事，告诉我真相吧。"

米格尔双眉一抬，摇摇头，说："我什么也不知道。我虽然不太担心，但是我真的什么也不知道。"

"那么你有什么猜测？"

米格尔好奇地看着帕琪，帕琪认为那是怀疑的眼光。

"什么猜测，我没有什么猜测，什么也没有。"

看见贝丝在嘲笑自己，帕琪不耐烦地上前一步，问："伊内兹是你的什么人？"

米格尔又像个小孩般笑了。

"啥也不是。"他说，"伊内兹是墨西哥人，但是她的家人不是我的家人。曾经我认识她的父亲，是个酒鬼，喝太多的威士忌，威士忌能让人疯狂。"

"你喜欢伊内兹吗？"

"她对珍小姐很好，但是她脾气不好。"

帕琪想了想，说："你知道米尔德里德曾经在这里住过吗？"

听到这，米格尔走前一步，焦急地问："她住在哪里？什么时候？"

"我不知道。你见过她吗？"

"不，她没有来过我们的住所。"

"等等。"帕琪说完，扔下贝丝跑向房间，一会儿又跑回来。

"这就是米尔德里德。"帕琪递过一张照片。

米格尔提高灯笼，仔细地看着照片上的人。两个女孩都注意到了他拿着照片的颤抖的手。他弯腰看着照片，看了相当长的时间，实际上根本没必要看这么久。可是当他抬起头时，脸上还是冷漠的表情，宛若一副面具。

"我不认识特拉弗里斯小姐。"说着，米格尔将照片递回去，"现在我要去找珍小姐了。"

两个人看着米格尔远去的背影，他的步履蹒跚而无力。

"他在说谎！"贝丝断定。

"我敢肯定。"帕琪同意道，"但是这没有让事情更明朗。我很抱歉我把米尔德里德带到这里。有一件事可以肯定，或多或少米尔德里德都要为宝宝的失踪负责。"

第九章　大搜查

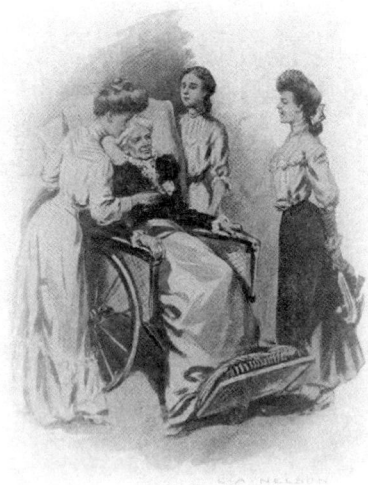

与此同时，约翰和大个子鲁尼恩沿着北边的路搜寻。车灯将路边的东西照得一清二楚。这条路似乎已经荒废，他们花了整整二十分钟，才到达第一个农舍。

约翰下车去询问。

一个高大、不修边幅的妇女开了门。她手里提着油灯，直盯着眼前的不速之客。

"夫人，您好！今天下午，你见过一个女人带着一个宝宝经过吗？"

"见过，"女人回答，"她还在这里吃了晚餐。"

约翰的心剧烈地跳动了一下，赶紧问："她们走了吗？"

"是的，就在一个小时之前。"

"夫人，请问她们往哪边去了？"

女人往北边示意。约翰正要转身，突然想起一件事，又问："宝宝，她还好吗？"

"看起来还好。"女人冷冷地扔下一句话，砰地关上了门。

"看来她生气了。我忘记了感谢她，算了，回来的时候再上门道谢。"约翰喃喃道，赶紧回到车上。

"怎么样？"鲁尼恩问。

"我们找到啦！"约翰兴奋地说，"她们在这里吃过晚餐，一个小时前离开了。快往前开！多留意周围！"

"谁在这里停留过？"鲁尼恩边发动车子边问。

"当然是一个带着孩子的女人。"

"哪个女人？"

"哪个？噢！我忘记问了。不过没关系，要么就是米尔德里德，要么就是伊内兹，我们关心的是宝宝。"

鲁尼恩默默地开了一段路，突然，他问："她有仔细描述一下宝宝的样子吗？"

"她没有，但是在这片孤独的土地上，不可能还有其他宝宝也不见了。"

鲁尼恩没有回答。但是两个人都留意灯光下的每一个细节。现在，他们看到了一座小小的白色房子，一半被掩藏在高大的桉树之中。没有车道通向这小房子，于是他们把车停在最靠近房子的地方，约翰就下车了。意外的是，鲁尼恩也跟着来了，他说："两个人总比一个人好。"

"你这是什么意思？"约翰有点不高兴，"你觉得我不够资格去问吗？"

"你没有把事情问清楚，"鲁尼恩坦白说，"我不确定我们追踪的路是不是对的。"

"我很确定。"约翰坚定地说。

两人花了好长时间才把屋里的人叫醒，她们似乎睡着了，虽然现在还很早。终于，一个妇女从楼上的窗子探出头来，不耐烦地问："有什么事吗？"

"你看见过一个女人带着一个宝宝经过这里吗？"约翰大声地说。

"没有。"

"谢谢你，夫人，很抱歉打扰你。"约翰失望地说。

妇女正要关上窗子，鲁尼恩大声说："等一下！有人告诉我们有一个女人带着一个宝宝在后面那家里吃了晚餐。"

"噢，真的吗？"

"是的，她们朝这个方向走了。所以我们觉得你可能见过她们。"

"或许吧，如果我有往窗外看，我就是那个女人。"她幽默地说。

"噢，确实。"约翰说，他感到有点疑惑，"那宝宝呢？"

"睡着了，如果你的叫声没有吵醒他的话。"

"那是你的宝宝？"

"我发誓是的，你想怎么样呢？"

"我们在找一个失踪的宝宝。"鲁尼恩说。

"那你们最好到别处找找了。我今天走了一天，实在是累坏了。你们要不要去找？"

女人下了逐客令，两人只好离开，再次上车出发时，谁也没有说话。五分钟过去了，十分钟过去了，十五分钟也过去了。鲁尼恩终于说话了，他的声音比平常的还要高："没有什么比自动启动器更方便的。你要做的只是……"

"噢，闭嘴！"约翰受不了了。

之后，车子开得更慢了，车上的人也更留意两边的情况。但是两人对能在这条路线上找到宝宝已经不抱希望了。当他们抵达果园时，他们从一条人迹更少的路——名为麦克米伦路返回到埃尔大峡谷。

离果园越近，他们的警觉性越高，但是这条路已经荒废，而且农舍一个也看不到，也没有任何失踪宝宝的痕迹。回到亚瑟的屋子时，正好碰上刚搜寻回来、同样一无所获的鲁道夫·哈恩。这时，已经是十一点四十五分了。

　　亚瑟和道尔少校都意识到他们选择的路径最有希望能找到失踪的宝宝。如果有人偷走了宝宝，那她肯定会想方设法逃离到偏僻的地区。很有可能，宝宝会在最近的城镇或火车站。

　　"如果我们知道是谁带走了宝宝，我们就能更好地判断她们往哪里去了。伊内兹会去找一些墨西哥居民朋友，米尔德里德会试图去能藏身的洛杉矶或圣地亚哥。"

　　"我不相信她们会偷走宝宝，"道尔少校说，"她们太喜欢这个宝宝了。"

　　"但是不管怎么样，宝宝已经被偷了。"亚瑟说，"我们要面对事实，是其中一个护士干的。"

　　"为什么呢？"

　　"因为护士也跟着宝宝不见了。"

　　"也许她们是共犯，两个人都应该为这次绑架负责。"道尔少校说道。

　　"不，两个护士互相憎恨，不可能一起策划这起绑架。我敢肯定，只有一个护士偷走了宝宝。"

　　"那么另外一个护士去哪里了？"

　　亚瑟回答不上，不过，道尔少校也不期望他能回答上。片刻之后，道尔少校尝试自己回答这个问题，"假设我们去了镇里之后，两位护士吵架了，这一点也不奇怪，我早就猜到她们之间会有一场争吵。那吵完之后呢？又发生了什么呢？我猜到了两个结果。其中一个护士在失去理智的情况下，可能杀死了另外一个护士，然后带着宝宝逃之夭夭。如果这个假设成立，伊内兹极有可能就是凶手，我们肯定能在灌木丛或者地窖中发现米尔德里德的尸体。要知道，伊内兹脾气可不好。我就曾经看见过她眼睛发出有如野猫般凶狠的光，就在米尔德里德亲吻小宝宝的时候。伊内兹如此狂爱小宝宝，她宁愿死也不愿意和宝宝分开。米尔德里德就不一样，她文明多了。"

"我觉得，米尔德里德的眼睛看起来比伊内兹的阴险多了。"亚瑟反对道。亚瑟喜欢墨西哥小护士，因为伊内兹一直对宝宝呵护有加，"米尔德里德从不会坦荡荡地看着你，总是有所隐瞒的样子。"

"不管怎么样，我还是觉得她更文明。"道尔少校坚持说，"她冷静，成熟，不可能会伤害伊内兹。而伊内兹会伤害米尔德里德。"

"另外一个假设是什么？"亚瑟问。

"从几率上说，这个更合理一些。她们吵架之后，伊内兹为了逃避她的敌人，抱着宝宝就跑了。米尔德里德很快就发现了，受职责驱使，她急忙追了出去，匆忙间忘记留下只字片语。可能她以为能在我们回来之前把宝宝带回来，但是伊内兹不是这么好对付的，米尔德里德也倔强地不放弃。我已经是个老人，亚瑟，见过太多事情，所以，记住我的话，当真相浮出水面，肯定会和我刚刚描述的相像。我肯定我说到了重点上，但这也足够糟糕了。"

"那么，"亚瑟振作地说，"我们回到家也许就会发现米尔德里德和宝宝。"

"这不好说。亚瑟，如果我们回家，我们要照顾好其他女孩子。露易丝需要安慰。另一方面，如果她们没有在家，我们必须要找到她们。我能想像米尔德里德会在遥远的某个角落，筋疲力尽，决定休息一晚，第二天早上再回来。"

他们想起下午到城里经过这条路的时候，没看见有护士或宝宝。但是为了以防万一，亚瑟还是把路过的每一间房子都问到了。当他们到达镇里的时候，他们第一时间就去了当地的警察局以及电话局。在电话局里，亚瑟给每一户有电话的人家都打了电话，询问有关宝宝的下落。亚瑟也试着给家里打电话，但是线路还是未通。

接下来，他们又去了电报局。给附近的居民都发了电报，描述了失踪的宝宝和护士，重酬能提供线索的人。

此时，傍晚的火车很快就要抵达，他们该去车站了。在候车的时候，亚瑟和道尔少校没有放过车站的任何一个角落。亚瑟甚至让火车等待了一下，直到道尔少校把每一节车厢检查完毕，确定了米尔德里德、伊内兹或是宝宝都没有在车上。

汽车载着两个心灰意冷的人返回埃尔大峡谷。道尔少校提议，不能放弃任何一丝机会。于是他们在回程中，不断地询问每一户农家。回到家里时，时针指向十一点五十分。

亚瑟冲进去，迎面碰上帕琪。

"有消息吗？"两个人不约而同问道，然后又同时露出失望的神情。

"露易丝怎么样了？"亚瑟颤抖地说。

"现在比较安静了，"帕琪回答，"你走后她就变得很狂躁，我们都很害怕。所以哈恩太太开了你的小汽车回家，打电话请医生过来。医生恰好在威尔逊那里，于是哈恩太太就带着医生回来了。医生还在楼上，但他给露易丝注射了镇静药剂，我想露易丝应该睡着了。"

亚瑟慢慢走向楼梯，片刻又停下来问："小伙子们过来了吗？"

"是的，他们正在帮助墨西哥工人们搜寻灌木丛。"

亚瑟打了个冷颤，决定说："我想，我要加入他们。"道尔少校马上给了帕琪一个吻，便随亚瑟一起去了。

灌木丛后，无数盏灯笼在闪烁，犹如千万只萤火虫在飞舞。星星在夜空中照耀，把周围的物体照得轮廓清楚。亚瑟和道尔少校加入已经搜寻了两个小时的队伍中，而现在搜寻还在继续，更多是因为他们觉得必须要做点什么，虽然眼前没有任何成功的希望。

终于，时至夜半。道尔少校说："我们走吧，休息一会儿，吸口烟。我就要累坏了。而且，我们已经把这里来来回回搜了好几遍了。"

亚瑟默不作声地转身往家里走去。帕琪、贝丝和海伦·哈恩，三个人都憔悴不堪地在大厅里等着。

"露易丝呢？"亚瑟问。

"她睡着了。"贝丝说，"玛西亚在旁边守着。"

"诺克斯医生走了吗？"

"没有，他在书房里吸烟。尤拉莉亚给他准备了些吃的，因为他没有吃晚饭就赶过来了。"

"噢，我也没吃啊，"大个子鲁尼恩说，"这才想起来。"

"你们都应该吃点东西，"帕琪说，"不然你们会没力气继续搜寻。去书房那里吧，所有人都去，贝丝和我会看看厨房里还有什么吃的。"

第十章　荒诞的猜测

　　这群忧郁的男人向楼梯上的书房走去。书房里，一个衣冠楚楚的矮小男人坐在椅子上看书，抽着一支大雪茄。听到有人进来，男人抬起头，朝他们点头示意。他和约翰一样，也是没有头发，但是他的脸还显年轻，即使他已经五十岁了。

　　"啊，威尔登，小珍有什么消息吗？"他急切地问。

　　"没有。"

　　"一点儿线索也没有？"

　　"没有。"

　　"那也好。"医生说着，弹了弹烟灰。

　　"好？"

　　"当然了，没有消息就是好消息。我敢用我的新车打赌，我们的小珍此时正在香甜地做着美梦呢。"

　　"你的新车有自动启动器吗？"鲁尼恩赶紧问，似乎要接受赌注一样。

　　"我真希望能如你所说的，医生。"亚瑟叹了口气说，"这件事情太奇怪了，我都没办法想出一个合理的解释，证明我的孩子还是安然无恙。"

　　"是的，这件事情确实蹊跷，"诺克斯医生赞同，"但是我刚刚想出一个办法。"

　　"是什么？"大家心急地问。

　　"坐下吧，打开灯，你们都吸烟吗？你们紧张了这么久，需要提神。"

　　鲁道夫说："你说出方法是什么我们就有精神了，医生。"

"你们年轻的小姑娘们把这件事都清清楚楚地告诉我了。现在，看起来米尔德里德小姐曾是加利福尼亚的居民啊，实际上，她在这里出世。"

这几个男人还不知道这件事，都很紧张地看着诺克斯医生。

"老特拉弗里斯果园靠近圣菲历次，大概在南边三十英里的地方。我听说过是因为他很出名，但是我从来没去过。现在，说说我的办法。特拉弗里斯家族，听到米尔德里德在埃尔大峡谷的消息，就开车过来，劝米尔德里德跟他们回家。米尔德里德不能离开宝宝，于是她带着宝宝一起走，伊内兹也跟着去照顾她。这就是事实，表面上看起来很复杂，但其实事情很简单。"

好一会儿，大家都没说话。然后，大个子的尖嗓门说话了："你或许是个好医生，但你真是个糟糕的侦探。"

"如果我能给特拉弗里斯果园打电话，那么你肯定会相信我的。"医生坚持说，"但是你的电话机现在用不了。"

"说到这里，"鲁道夫说着，从盒子里取出一支香烟，"我去过特拉弗里斯果园好几次。查理·本顿住在那里。那里根本就没有姓特拉弗里斯的人，他们十年前，或二十年前卖掉果园后就不在那里了。"

"很抱歉，这个方法很简单，我还以为是正确的。"医生感到很惭愧。

"确实是很简单。"鲁尼恩承认，"啊，食物终于来了。"

帕琪、贝丝和海伦端了个巨大的托盘进来，托盘上放着一些小菜、三明治和咖啡。体贴的辛芬总是在晚上预备一些食物，她知道总会有需要的时候。

约翰和道尔少校都没有胃口，宝宝离奇失踪了，让大家怎么能心安呢？

"我们现在可以做什么？"亚瑟恳求地问，"我感到很内疚，我舒舒服服地坐在这里，而我宝贝的女儿，她此时也许正在受罪，也许，也许……"

"现在，我们不能做什么。"帕琪趁亚瑟还没说出更糟糕的假设前，赶紧打断他说，"你已经做了一切该做的。明天早上，我们再继续商量搜寻路线。我认为，你们都应该上床休息一下，明天还有很多事要做。"

"做什么？"亚瑟绝望地问。

"我认为我们应该打电话请侦探。如果真的有离奇事件，那么这就是一件。只有侦探知道怎么解决这个问题。"

"而且，你应该给加利福尼亚州的每一个地方都发电报，下令逮捕逃犯。"

"我早就做了。"

帕琪脸唰地红了，她为自己鲁莽说出那番话而后悔了。但是医生支持她的说法。

"有人能想出为什么这三个人——宝宝和两位护士会不见了吗？"哈恩着急地问，"我认为如果我们知道她们遗留了些什么东西，或许我们可以猜出她们去了哪里。"

但没有人回答。

帕琪说："事实是，伊内兹是宝宝的第一位护士，并且讨厌米尔德里德的到来。不管怎么样，当我开始假设时，我总是想到这一点。两位护士互相憎恨，所有人都知道。米尔德里德的憎恨不明显，伊内兹的憎恨却很强烈。"

"米格尔告诉我伊内兹曾威胁说要杀了米尔德里德。"亚瑟说，"另外一件事，有人看见伊内兹抱着宝宝去了工人们的住所，就在中午的时候，而米尔德里德就在竹篱后面监视着。这激怒了伊内兹，她匆忙地赶了回家，米尔德里德也跟着回家。"

鲁道夫说："那可能就是争吵的导火线。我们都不知道接下来发生了什么事情。除了下午两点的时候，有人在庭院里见过她们。"

"然后，"帕琪说，"其中一个仆人看见伊内兹外出了，似乎是散步。她也许回来过，我认为她回来过。不然就是米尔德里德带走了宝宝，我不知道她有什么理由这样做。"

"伊内兹当然回来过，"亚瑟说，"没有什么能让她丢下最爱的宝宝逃走。我相信她宁愿死也不愿意和宝宝分离。你不知道她是有多么地喜欢这个孩子。"

"如果两位护士都喜欢宝宝，那么，即使她们是吵架或逃走，也不会伤害宝宝的。那我们要担心的不是宝宝，而是那两位姑娘了。"

毫无疑问，谁都不会听从医生的建议，聪明的医生明白这一点，但是至少这能安慰人们一下。

没有人愿意接受帕琪让他们早点休息的建议。亚瑟离开书房，去看看露易丝，但露易丝在药剂的作用下正在沉睡。所以亚瑟很快又回到书房。三个女孩（哈恩太太也还只是个女孩）坐在角落里，偶尔低声交谈，试着鼓舞其他人。医生继续阅读，鲁道夫躺在椅子上抽烟，呆呆地望着天花板。鲁尼恩双腿搭在椅子上，不一会儿就打起呼噜。

道尔少校僵硬地坐着，望着前方发呆。约翰则不知疲倦地在房间里走来走去。对道尔少校和约翰来说，宝宝是他们的心肝。尤其是这几天的相处，他们和宝宝的感情已经很深厚了。

未解的疑惑让人窒息。如果是白天，他们就能进一步寻找，但是夜晚使他们无可奈何，他们知道，总要先度过这可怕的一夜。

一点多的时候，帕琪拉着父亲，说服他回房间躺一下。

"在这样等下去，你会发疯的。"帕琪说，"看在宝宝份上，你应该休息一下明天才有体力。"

最后一句话打动了道尔少校，况且身体已经需要休息了。于是他往婴儿房楼上的蓝屋子走去。

于是，帕琪又试图说服约翰，但约翰不会听她的。他太过紧张了，根本不能入睡。

突然，一声突如其来的汽笛声把大家都吓了一跳。亚瑟赶紧冲到窗边，往楼下看去。

一辆汽车开到了屋子前。

"是谁？"亚瑟高声问道。

"是我，皮特。警察。"一口浓厚的德国口音说道，"我们发现墨西哥女人和宝宝了！"

"什么！"所有人都顿时尖叫起来，挤到窗口旁边。

"带她进来！皮特！"亚瑟兴奋地大叫，随之连跑带滚地冲下楼梯。

其他人也箭一般地冲下去。

门开了，皮特——一个德国男人，手里抱着一个布包裹，后面跟着一个正在抽泣、生气的墨西哥胖女人，大概四十多岁，一点儿也不像伊内兹。

　　亚瑟的目光落在她身上时，心沉了一下，当他看见皮特怀里的宝宝时，心情一下子跌到了谷底。心情的剧烈变化，让他一下难以承受，几乎要瘫倒在地。鲁尼恩赶紧抓住他的手臂，搀扶着他。

　　"我能拿到奖赏吗？嗯？"警察稍稍举起胖胖的墨西哥宝宝，宝宝全黑的眼睛好奇地看着周围的一切。

　　亚瑟悲痛地转身，哀叹地说："给他一些钱，让他走。"

　　道尔少校抓住警察的手，怒吼："你这个大白痴！你为什么把这个可怜的女人抓来？"

　　"你们只是说找一个墨西哥女人和宝宝，也没有说明是什么样的宝宝。我怎么知道是不是威尔登的宝宝呢？她又没有身份证！

　　帕琪抱过宝宝，宝宝挺可爱的，然后放进他母亲的怀里。

　　"你是谁？他在哪里发现你的？"帕琪同情地问道。

　　女人摇摇头，然后冒出一口西班牙语，没有一个字是听得懂的。

　　"把他带回去吧。"哈恩往警察手里塞了十便士，又给了墨西哥妇女一些钱，亲了亲正朝他笑的孩子。

　　贝丝跑着去取了一些三明治给墨西哥女人，帕琪也为宝宝拿来牛奶，约翰递烟给警察，然后，这三个人又坐着汽车走了。

第十一章 道尔少校遇鬼了

大家再次回到书房，沮丧不已。约翰看看手表，才两点多，今晚真是度秒如年。

突然，一声恐怖的尖叫声划破寂静的夜晚，这尖叫声令人毛骨悚然，不寒而栗。大家都害怕地冲出来抱在一起。一群人还没从恐惧中缓过神来，突然，又响起砰砰砰的声音，似乎有重物从南翼的楼梯重重地落在了走廊上。没一会儿，门猛地被推开了，道尔少校，穿着红白条纹睡衣，踉跄着跌倒进来，翻滚在地，嘴里还不停地尖叫着。

帕琪首先从惊吓中缓过神来，她跪在可怜的道尔少校身旁，瞪大了眼睛惊呼："噢！爸爸！爸爸！你怎么了？"

道尔少校浑身发抖，双手紧紧地捂住眼睛。帕琪拍拍父亲的脖子，道尔少校就剧烈地摇晃起来，发出悲惨的呻吟声，几近崩溃。

"说话啊，道尔少校！"亚瑟命令。

"有，有鬼！"道尔少校哭着回答。

"鬼？"大家难以置信。

"你看见鬼了吗？"约翰弯腰问，他的声音都颤抖了。

"看见？"道尔少校大叫起来，放下遮住眼睛的双手，愤怒地瞪着约翰，"黑夜里我怎么可能看到？房间里伸手不见五指！"

"但是你说有鬼？"

"我确实说了，"道尔少校不满地回答，他揉揉摔肿的脚踝，反驳说，"你不必要真的看见，才知道有鬼，不是吗？这个鬼，噢，帕琪，亲爱的，我不能说，这太可怕了。"

道尔少校再一次害怕得发抖，双手又捂住眼睛，把头抵在地上。要是仔细看，你会发现他的脚趾也在发抖！

贝丝屏住呼吸，问："那么你听见鬼的声音了吗？"

"啊！我听见了。"道尔少校呻吟着说，"完了，全完了，我们没希望了。"

"看这里！道尔少校！"约翰坚定地说，"勇敢一点儿！告诉我们是怎么回事。"

"是、是宝宝！是珍！"

亚瑟马上啜泣起来，一头撞在桌子上。鲁道夫叹了口气，鲁尼恩小声地咒骂起来，约翰难过地看着道尔少校。

"你真是个混蛋，"约翰说，"你肯定是做噩梦了。"

道尔少校不能接受这个说法，即使他尝试去接受。他咆哮道："我说我听见宝宝的声音了！就是珍！她在哭！你觉得我会不知道吗？你觉得我会听不出宝宝的声音吗？"

亚瑟站起来，脸上是坚定的表情。马上，大家都跟着亚瑟离开了房间，朝南翼道尔少校的房间走去。鲁道夫划亮火柴，点亮房间桌上的灯笼。

房间凌乱不堪，道尔少校从床上跳下来时，把被子都扔在了地上，放衣服的椅子也被撞翻在地。窗户开着，夜晚的风将窗帘吹得飞了起来，灯笼的火焰也一闪一跳的。

大家站在门边，谁也没动。贝丝这时却表现得勇气十足，她走过去，把窗子关上了。吓白了脸的道尔少校站在最后面。他曾屡经恶战，面对枪林弹雨也从不妥协，但现在，在一个想象的鬼面前，却像个胆小鬼。

一伙人大气都不敢喘一下，都竖起耳朵，打起十二分精神，紧张地听是不是真的会有宝宝的哭声。但房间里，只是死一般的沉寂。

桌上的钟滴滴答答地数着时间，一分钟，五分钟，十分钟，十五分钟。最后，医生悄悄地走回书房，重新捧起他的书。鲁尼恩也加入了他。

"只有我和你，医生。"大个子说，"我不太相信鬼这回事。"

"我也不相信，"诺克斯医生回答，"道尔少校紧张兮兮的，肯定是想太多了。"

鲁道夫走进来，点了根烟。

"很奇怪，不是吗？"他说。

"不，是幻觉罢了。"医生称。

鲁道夫说："我不知道怎么回事，在我看来，鬼会做我们会做的事情。可怜的宝宝在哭！我们的珍宝宝！这房间里有幽灵般的哀号，就在蓝屋子里！关于蓝屋子鬼怪传说的事情太多了。"

医生合上书，说："这是个糟糕的夜晚，你太激动了，以至于失去了理智。哈恩，到了早上你就会为自己的轻易相信鬼怪的说法而羞愧了。"

鲁道夫沉默不语，在一旁坐下。他的妻子也走了进来，在他旁边坐下，握着他的手。二十分钟后，约翰也进来了，站在火炉边取暖，走廊的风让他冷得瑟瑟发抖。

终于，约翰开口："如果道尔少校听见了宝宝的哭声，那只能证明，有可怕的事情发生在了小宝宝身上，我们要面对最糟糕的情况。"

"我听见的就是宝宝的声音。"道尔少校重申道。他已经匆忙穿好了衣服，走进了书房里，"我正在打瞌睡，就听到了第一次哭声。然后我马上坐起来，又听见了哭声，千真万确！好像宝宝就在离我两步远的地方，然后，然后……"

"然后你就鬼叫起来，跑出来了。"医生讽刺道。

"我承认，先生！"道尔少校不好意思地说，"换作是其他人遇到这事，就算是医生，也会吓得晕过去。"

蓝屋子里还剩下帕琪和贝丝两个人陪着亚瑟。房间里仍然没有出现哭声。一个小时后，帕琪说："亚瑟，你回去吧，贝丝和我会看着。"

亚瑟摇摇头。

"你留在这里没什么好处。"帕琪轻轻地乞求道。

"如果她，如果宝宝，又哭了，我要留在这里。"亚瑟伤感地说。

看见亚瑟正承受着巨大的痛苦，帕琪知道自己得做些什么。

"爸爸不是一个懦夫，"她说，"不管他是听见了，还是在做梦。如果是在做梦，那么就没有任何意义。但如果珍真的大声哭了，那么这是一个重要的线索。"

"在哪方面？帕琪？"贝丝冷静地问。

贝丝的话让帕琪灵机一动，她环顾屋子四周，然后问："是谁建的房子？亚瑟？"

"克里斯托瓦尔，我猜。我听说这里是最开始建的部分。"亚瑟回答，"其他部分是后来才建的，大概是两代人之后。我不知道，但是这不重要。"

"噢！是的！就是！"帕琪激动地叫起来，"其他部分和别的房子没什么两样，但是，这里的这些墙有六到八英尺厚！是什么构成的？"

"土砖。"亚瑟心不在焉地说，"是在特殊的时期才建的。"

"但是这些不是坚硬的石块，"帕琪坚持。她来来回回在墙边观察着，"里面肯定有空间。看！道尔少校的床就靠在外部的墙边，是最厚的部分。"

亚瑟吃惊地望着她，领悟到她话中的意思，他站起来。贝丝也好奇地看着帕琪。

"噢！帕琪！"贝丝惊呼，"宝宝并没有不见！"

"她当然没有不见！"帕琪说，她机灵的大眼睛闪烁着激动的光芒。

第十二章　一波未平一波又起

好长一段时间，大家都瞪大了眼睛互相看着。然后，亚瑟喘着气说："天啊！我们真是傻瓜！"

"去！"帕琪说，"婴儿房！"

他们跑下楼梯，朝婴儿房冲去。婴儿房的门半掩着，亚瑟首先走进去，点燃灯笼。

灯光下，摇椅上坐着一个男人，嘴里叼着一根燃到一半的烟，他已经完全熟睡了。这个男人正是米格尔。

亚瑟猛地摇摇他的肩膀，老人醒来，揉揉双眼。看到眼前正是他的主人，赶紧站起来，做了一个他标志性的鞠躬。

"你在这里干什么？"亚瑟怀疑地问。

"我在找珍小姐。"老人回答。

"在你的梦里？出去，离开这里。"

"等等，亚瑟。"贝丝说，她看着米格尔的脸，说，"他知道些什么。"

亚瑟打量着他，他出现在婴儿房里肯定有原因。米格尔喜欢珍小姐，他仅仅是在为珍小姐的失踪难过吗？还是，他真的知道些什么呢。

"米格尔告诉过我，"帕琪慢慢地说，"他曾经住在这个房子里，和克里斯托瓦尔一起，他对这里了如指掌。"

老人鞠了一躬，说："我认为，我们或许能在这里找到珍小姐，而不是其他地方。"

"为什么会这么想？"帕琪问。

米格尔思考了一会，说："老先生——克里斯托瓦尔的父亲是一个奇怪的人。他把这房子建得很奇怪，来，我让你看看。"

他把三人领到旁边的小房子，伊内兹住的地方。在房间的角落里，有一个方形的洞，下面是石梯。米格尔掌着灯笼走在前面，他推推其中一块土砖，马上出现了一间四英尺宽、六英尺高的小房间，里面有个小架子，架子上还有一瓶牛奶。

"噢！"帕琪惊讶地拍着手掌叫起来，"我就说墙是空的！"

亚瑟跟着米格尔走下石梯。他举起灯笼，仔细地检查着小房子。里面所有的墙都很结实。

米格尔挡住土砖，等所有人出来后，才松手。土砖闭合了，又恢复了原来的样子。

大家回到婴儿房，亚瑟问："你还知道有其他这样的小房子吗，米格尔？"

老人不确定地摇摇头。

"我知道这墙里有小房间，"他说，"因为克里斯托瓦尔曾经告诉过我。他的父亲建了这些房间，以防盗窃，也许是用来藏身。但是这些小房间在哪里还是个秘密。我就只知道这间。我以为这是个秘密，但不是，从纽约来的女孩告诉伊内兹这个房间，所以伊内兹才在里面放牛奶保鲜。"

"米尔德里德说的？"亚瑟大吃一惊。

"是的。"贝丝说，"她还是个小女孩的时候，就来过这里，当时克里斯托瓦尔还住在这里。她肯定知道其他房间的秘密。"

"我也是这样想的。"米格尔赞同，"我知道肯定还有其他这样的小房间。如果米尔德里德知道一间，那她或许会知道更多。所以我猜她和伊内兹进了那些小房子，把珍宝宝也带进去了。但是可能他们遇到了麻烦，出不来。"

"肯定是这样！"帕琪为自己的猜想感到得意洋洋，"她们就在墙里的某个地方，被困住了。道尔少校听见的真的是宝宝的声音！"

"但是，米格尔，米格尔！"亚瑟诚恳地请求，"你能记起怎么使墙打开吗？想一想！认真地想一想！"

"我在想，威尔登先生，我想着想着就睡着了，直到你们进来了。"

"现在，让我们大家一起想。"贝丝建议，"要打开通向墙的门，一定是在这边的房间里。米格尔也是这样想，所以他才会在这里。让我们把墙都检查一遍。"

大家马上就着手检查墙体，举着灯笼每一块土砖都不放过。屋子年代久远，许多用来黏住土砖的水泥都脱落了，很难分清哪些土砖是可以移动，哪些不可以。米格尔和亚瑟推动房间里的每一块土砖，近到脚下的地板，远到头顶的砖瓦。

"也许我们该到外面看看，"帕琪说，"也许窗子，格子会给我们一些线索。"

于是，他们提着米格尔的灯笼来到花园中，这里可以把墙体看得一清二楚。互相纠缠的葡萄藤沿墙攀爬，但是一楼没有窗户或其他开口。二楼有两个窗户，其中一个窗户就是蓝屋子的窗。

"另外一个窗户怎么样？"贝丝问。

亚瑟回答："另外一个窗户在房间走廊的尽头，闲置了很久，还没有配备家具。"

"我觉得我们应该检查一下那间房。"帕琪建议。

于是他们又回到屋里，米格尔也跟着来到二楼。书房里的几个人恰好从半掩的门中看见他们经过，便出来询问。

帕琪简单地说了新的猜想，大家都很吃惊，好奇着要加入这次搜寻。

大家一起走进闲置的房间里，有几个人手提着灯笼。这个房间的大小和设计都与蓝屋子差不多，窗子深深地嵌在墙上，墙上有一个炮眼，现在被一块红衫木挡住了。除此之外，再无特别之处。

最后，米格尔说话了："下一个也是克里斯托瓦尔的房间，如果有进入墙里的入口，那么一定会在那里。"

"为了确认一下，"贝丝提出建议，"去道尔少校听到宝宝哭声的地方。"

于是他们都走进蓝屋子，也仔细地检查了一下墙体。这时，鲁道夫看看手表，已经四点多了。

"天很快就亮了。"鲁道夫对妻子说，"多漫长的一夜！感觉我们离发现宝宝不见了已经过去了一个月！"

在空置的房间里，米格尔一直都沉默不语，表现低调，但是一来到蓝屋子，他就迫不及待检查房间的每一个角落。

"你看，就是这里。"帕琪说，"如果道尔少校能通过这堵墙听见宝宝的哭声，那么里面的人也能听见我们，如果我们叫她们。我们之中谁的声音最清晰，最有穿透力呢？"

"让我试试！"鲁尼恩诚挚地说。

"让鲁道夫试一试。"海伦说，"我认为他的声音能穿透埃及的金字塔。"

鲁道夫走近墙边，大声叫道："嘿！宝宝！伊——内——兹！另外一个女孩的名字叫什么？"

"米尔德里德。"贝丝答。

"米尔德里德！"鲁道夫大声喊，"米尔德里德！"

鲁道夫每喊一次便停一下，他的声音简直是震耳欲聋。大家都着急地等着回应。

可是没有人回答。

"也许她们都累坏了，睡着了。"约翰说。现在大家都觉得失踪的人就被困在了暗室里面。

"让贝丝试试。"帕琪提议。

贝丝的声音如银铃般清脆，她对着墙大声呼喊伊内兹和米尔德里德的名字。一阵沉默之后，响起了一声含糊的哭声，这哭声让所有人激动得颤抖起来。

失踪之谜总算解开了。

贝丝重复呼喊，现在回应越来越清晰了，虽然还是难以分清是谁的声音。让人惊讶的是，这时又响起了另外一个声音，十分清晰可辨，那就是宝宝的嚎哭声。

"就是这个声音！"道尔少校激动地说，"我有没有听错？是在做梦还是我疯了？"

"不是！亲爱的！你说听见了鬼的声音。"医生回答。

亚瑟喜极而泣，激动地叫起来："她还活着，我的孩子还活着！"

"而且她很可能在熟睡，却被你可怕的尖叫给吓醒了。"道尔少校说。

"不是我们的尖叫，"约翰说，他和亚瑟一样的高兴，"是里面的声音吓到了宝宝。谢天谢地，在我们心急如焚的几个小时里，宝宝还能熟睡。"

"我们现在还很着急，小珍还没解救出来呢。现在她应该饿坏了。我们知道她在哪里，却不能把她救出来。米尔德里德和伊内兹也不能找到办法救她出来，不然她们几个小时前就把她救出来了。"

"没错，"海伦哈恩严肃地说，"除非我们很快找到办法救她们，不然她们三个都会挨饿。"

"我们可以把墙推翻了。"亚瑟说。

"炸了它！"鲁尼恩提议。

"理智点！" 约翰冷静地说，"我们在浪费时间。"说着，他转身对米格尔说："叫一些工人过来，带上锄头和铁锹，要快！"

米格尔看起来对整件事还很疑惑，虽然他是第一个怀疑她们在墙里的。不过他还是马上按吩咐去做了。

米格尔一走，帕琪便说："肯定会有进去和出来的简单方法。我们太笨了，居然没有人能发现这里的秘密。"

"经历过好几个小时后，她们还活着，证明里面有足够的空气。那么肯定在某个地方有洞口。"哈恩分析。

"而且，"亚瑟补充道，"她们现在就在二楼房间的对面，她们肯定是从一楼的空洞上来的，也许就是婴儿房里。证明里面有楼梯，至少有一个梯子。"

说话间，女仆进来报告说，露易丝醒了，歇斯底里地叫着宝宝的名字。医生和帕琪马上赶到露易丝床边，说："别担心，亲爱的，小珍已经找到了，就在这房子里面，所以你再睡一会儿吧。"

"带她过来，把我最爱的孩子带过来，马上！"露易丝哀求。但是医生说："我现在不希望打扰她，孩子应该睡着了。你生病了，威尔登太太，你必须保持冷静。来，喝了这杯水吧。"

露易丝听到安心了一点儿，喝了水后，又睡了过去。诺克斯在旁边观察着她，但是帕琪马上就赶回了蓝屋子里，想尽快解救出被困的人。

"我们真是笨蛋，要么就是西班牙贵族太聪明了。我们知道墙是空的，知道肯定有开口的地方，就是不能救出她们。"

这时，米格尔带着两个强壮的男人进来了，手上拿着铁锹，凿子等工具。从哪里开始凿呢？这是个问题，最后亚瑟决定从床的后面入手。

事实证明，这些土坯房比最硬的砖块还要硬。米格尔知道必须得一点一点地凿，即使是他这样熟练的工人，挖掘进度还是很慢。

黎明的晨光照射进来，照着他们憔悴的面容、疲倦的眼神，但没有一个人愿意离开。

帕琪去叫醒辛芬和其他仆人，她发现有些仆人也一夜未眠。半小时后，咖啡送来蓝屋子里了。

亚瑟不能忍受自己坐视不管，坚持要一起凿墙。鲁尼恩也帮助他，他的力量和肌肉赢得了在场所有人的赞赏。鲁尼恩抡起锤子，卖力地凿了好一会儿，已经是汗流浃背了。于是他坐在窗台上休息，早晨的风从窗外习习吹进来。

突然，一声撞击，窗户边上传来一声尖叫。所有人马上往窗户看去，鲁尼恩不知道去哪了。大家赶紧往窗户底下看去，也不见鲁尼恩的身影。他没有摔下去，他神奇地不见了！

这突如其来的变故让大伙呆若木鸡，最后，帕琪最先缓过神来，说："快！到下面看看！他或许被玫瑰藤蔓遮住了。"

于是大家赶紧朝花园冲去。玫瑰花藤没有被破坏的迹象。拨开玫瑰丛，丝毫没有鲁尼恩的踪迹。实际上，他们都认为鲁尼恩根本没有从窗户上掉下来。

大家心情沉重地往回走，道尔少校说话了："这个房间闹鬼！没有其他解释。如果我们不小心，都会消失，全都完蛋！"

第十三章　真相大白

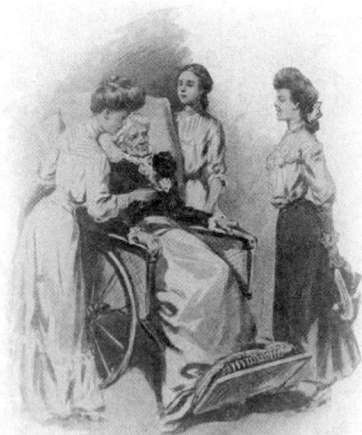

　　考虑到读者们的紧张情绪，在这个节骨眼上，我们很有必要回顾一下故事是如何发展到现在的。一个伟大的侦探家曾说过"每一个谜团都可以得到简单解答"，意思是，一旦发现了其中的奥妙，答案很简单，这个是自然的。因此，宝宝和两位护士的失踪之谜，以及随后的鲁尼恩消失之谜，都是与旧时安然离世的克里斯托瓦尔有关，并没有联系到各种超自然的传说。

　　现在，我们知道米尔德里德·特拉弗里斯小姐，正如她自己所称的。我们知道她是一个有能力的护士，这一点从她照顾宝宝也能看出来。我们还知道她十分安静保守，习惯性冷酷的眼神让人厌恶。

　　我们找不出米尔德里德有什么错误，也没发现她有特别之处，因此大家都没有注意她。除了宝宝喜欢亲近她，宝宝对待人总是一视同仁的。

　　米尔德里德说过一些关于以前的故事，但是不足以据此对她作出判断。她曾经住在南加利福尼亚，非常靠近埃尔大峡谷。小时候她经常和父亲到此拜访克里斯托瓦尔。克里斯托瓦尔对她说过这房子的秘密。我们知道的就这么多。至于她是如何与克里斯托瓦尔成为朋友，为什么会去纽约学习护理，为什么眼神总是如此冷酷，我们一无所知。

　　和米尔德里德一样，墨西哥女孩伊内兹同样奇怪和莫名其妙。但是她没有什么秘密，考虑到她的祖籍，她也算是聪明能干。伊内兹的家人住在加利福尼亚州另一边的小镇上，她的父母好逸恶劳，闲游浪荡，并且愚昧无知。伊内兹十四岁就离开家，为附近的果园主干活。她从没在某户人家里呆久过，但是主人们无一例外都很喜欢她。前主人还在露易丝面前称赞伊内兹聪明，愿意干活，而且比一般的墨西哥女人都要聪明，但是她的脾气火爆。

但是露易丝从未见识到伊内兹的坏脾气，因为伊内兹一开始就喜欢自己的女主人和可爱的宝宝。只是米尔德里德的到来激怒了她，因为伊内兹觉得米尔德里德的晋升是不可理解的，并且每次米尔德里德宠爱小宝宝时，伊内兹都会嫉妒得发狂。

但宝宝是公平的。无论在哪个护士的怀里，她都在快乐地笑着，大概她知道两个护士都对她很好。正是这样伊内兹才会生气，米尔德里德才会鄙弃伊内兹。一开始两位护士就针锋相对。虽然随后米尔德里德发现未受过教育的伊内兹只是受职责和嫉妒的驱使，但她还是充满爱心的。

然而，伊内兹并没有回应米尔德里德的示好。不过，随着日子的推移，她也不那么憎恨米尔德里德了。米尔德里德照顾宝宝的方法和伊内兹的传统方法不同，伊内兹也没有太多的意见了。细心的米尔德里德知道，她是有机会能赢得伊内兹的信任的。伊内兹自己也没有发现，不知不觉中，自己已经改变了对'女巫'的态度。

那天，当亚瑟和他的客人们向城里出发后，两位护士有一次比以往都更友善更长久的谈话。米尔德里德责备伊内兹不告知她就把宝宝带到工人们的住所，伊内兹则不满米尔德里德跟踪她。她们回家的路上还是很友好的，伊内兹拒绝服从米尔德里德的指示，她甚至生气地走出去散步了一个小时，

两人在婴儿房的时候，米尔德里德假装没有注意到伊内

兹的情绪。

"我已经准备了两瓶牛奶，"米尔德里德说，"请你帮忙把一瓶放在你房间墙内的空洞里保鲜。"

"我不去！"伊内兹拒绝。

"为什么？"米尔德里德平静地问。

"因为你是一个女巫！"伊内兹大声说，"因为你使用黑暗魔法变了个空洞出来，因为你也想通过把牛奶放在空洞里，让宝宝也变成一个女巫，就像你一样。因为，因为我讨厌你！"说到最后，伊内兹还狠狠地跺了下脚。

米尔德里德同情地看着伊内兹，伊内兹正在胸前划十字架，好像在抵抗她的巫术一样。

米尔德里德慢慢地站起来，拿上一瓶牛奶放到墙里的空洞中。回来的时候，她说："如果我真的是个女巫，伊内兹，我就不会和你一样当护士了。我不懂魔法，关于魔法，我比你知道的还少。"

"那么你是怎么知道墙里的洞？"伊内兹问。

"真希望你给我机会解释，我觉得我们应该好好谈谈。拿把椅子过来坐吧，相信我，我没有恶意。我不讨厌你，伊内兹，我也希望你不讨厌我。"

伊内兹从地板上站起来，坐在米尔德里德旁边的椅子上。两人面对面坐着，谈话开始了。

"当我还是个小女孩时，"米尔德里德说，"我经常到这里拜访，我的父亲和克里斯托瓦尔叙旧时，我就会在这里呆上几天。"

"你撒谎！"伊内兹不相信，"我已经问过米格尔了，他在这里干了四十年，也服侍过克里斯托瓦尔。他说克里斯托瓦尔没有姓特拉弗里斯的朋友。也没有特拉弗里斯先生拜访过克里斯托瓦尔。你在说谎，女巫！"

米尔德里德红了脸，很尴尬的样子。然后她冷静地说："米格尔说的没错，因为我父亲不姓特拉弗里斯。"

"那你为什么把自己叫特拉弗里斯？"伊内兹追问。

米尔德里德犹豫了，说："我不喜欢我以前的名字，所以我改名了。但是这是秘密，我告诉了你，你不能向任何人提起。"

伊内兹点点头，好奇地看着她。米尔德里德的话引起了伊内兹的同情心。她问道："是克里斯托瓦尔告诉你房子的秘密的吗？"

"是的，他对我很好。我不是女巫，伊内兹。如果我是，我就用巫术让自己的生活幸福点了！"米尔德里德悲伤地说。

伊内兹能理解这种与命运对抗的滋味，她点点头。

"一开始，"米尔德里德继续说，"我以为我都忘了这些秘密了，但是后来我渐渐地想了起来。当屋子开始建时，这个国家还处于动乱之中，强盗经常在光天化日之下将所有值钱的东西洗劫一空。于是，克里斯托瓦尔的父亲就建了这个秘密房间，把值钱的东西都藏在里面。担心盗贼会威胁到家人的生命，他们有时也会躲在秘密房间里。"

"那些财产还在里面吗？"伊内兹赶紧问。

米尔德里德皱了皱眉，这个问题似乎让她不高兴了。

"当然没有了，那都是很久以前的事了。在我还是小女孩的时候，已经不需要躲在秘密房间里躲避盗贼了。但是他们还是将这个秘密保守住。克里斯托瓦尔大概只告诉我一个人这个秘密。他告诉我只是为了让我高兴，我猜，因为我那时还是个孩子。"

听到这里，伊内兹已经对米尔德里德友善多了。如果真如她所说的她不是女巫，那么就没有理由害怕她。接下来的一个半小时里，伊内兹都在仔细回想米尔德里德的话。她看着米尔德里德将宝宝哄入睡，然后捧起书在一旁阅读。伊内兹走到一处废弃的庭院，坐在喷泉旁边，思考着这座老房子的秘密。

一会儿，她又走进婴儿房里，用一种友善的语气对米尔德里德说："告诉我，这屋子还有其他秘密房间吗？足够大，能容得下人的。"

米尔德里德笑笑，放下书。如果她希望赢得伊内兹的信任，这就是个好机会。

还有另外一件事影响她：自从威尔登一家出发到城里，她就想探索一下老房子的秘密。米尔德里德来这里是有别的目的的。是今天就开始，还是再等等呢？

琢磨了一下，米尔德里德说："我相信，我们身后的这堵墙就是空的，而且有几间房，可以从几个秘密的地方进入，如果有人知道在哪里的话。"

"房间不可能太大。"伊内兹看着墙壁说。

"是的，房间很窄，但是很长很高。里面有楼梯通向另一楼层，就像大厅里的长楼梯。"

伊内兹盯着她问："你怎么知道的？"

"因为我见过这些房间。让我好好回忆一下。"

米尔德里德思索了片刻，开口了："我肯定每一间房都有秘密入口。这里以前不是婴儿房，是克里斯托瓦尔的办公室，他的书和保险柜就放在这里。"

她边说边站起来，不确定地打量着四周的墙。最后，她满意地点点头，快速地走到东边的角落，数到第四块土砖，而后又把手放在第三块土砖上。

"应该没错，"她说，"这就是通向秘密房间的门，但是开门的钥匙在地板的某个地方。把地毯翻起来，伊内兹。"

伊内兹颤抖着双手翻开了地毯。这土砖看起来与别的土砖没什么不一样，但是要更小一点。米尔德里德很快就认出来，然后把脚放在第二块土砖的边缘上，和她的手摸的第三块土砖在同一直线上。随着米尔德里德的脚稍稍用力，土砖慢慢地倾斜了，然后她用力地推动墙上的土砖。

接下来的事情太神奇了。三块看起来很坚固的土砖慢慢地打开了，里面透出昏暗的光。

米尔德里德低着脑袋走进去，因为这开口太小了。伊内兹紧张地抓住米尔德里德的手，也跟着走进去。里面的光是从头顶上照下来的，很暗。在里面呆了一会儿，眼睛适应了昏暗的光线后，她们开始打量这个小房间。房间大约3英尺宽，14英尺长。有一条通往楼上的楼梯。左边是一些椅子和工具，对面有些架子，不高，踮起脚尖就能碰到。

"为什么，他们为什么不装修好这里，就像第一次给我看的秘密房间一样。席子和家具到这个时候应该也都破碎了，但是你看，伊内兹，我还是猜对了这秘密房间。"

这时，小珍哭着醒了。

"快去看看宝宝。"米尔德里德马上说，伊内兹不情愿地去了。

米尔德里德留在秘密房间里，若有所思地观察着房间里遗留下来的独特的东西，其中一些还很值钱。她想起就算克里斯托瓦尔到死也不会将这个秘密告诉别人的。而他的继承人，卖掉了这房子，肯定没想到这里面还藏有值钱的东西。毫无疑问，这些都应该归新主人——亚瑟·威尔登。

伊内兹将宝宝从床上抱起来，拿起一瓶牛奶喂她，又再次走进秘密房间里。米尔德里德又往里走了几步，抱着宝宝的伊内兹也跟着走进去。

就在这时，伊内兹听见有人走进房间了，为了不让其他人发现这个秘密，伊内兹想也不想，就用另外一只手把土砖门关上。

咔哒一声，门关上了。米尔德里德惊叫一声，转过身来。"天啊！你干了些什么！"她紧张的语气让伊内兹害怕地靠在了墙上。

她害怕地看着米尔德里德。"门锁上了吗？"她低声问。

米尔德里德用尽全力推了推，土砖纹丝未动。

这下，两个人成为墙里的"囚犯"了！

第十四章　墙内"囚犯"

米尔德里德安静地转过身来，看着伊内兹，眼神不再充满了冷酷，而是担忧与害怕。

“我们不能出去了吗？”伊内兹小心翼翼地问。

米尔德里德摇摇头。

“不能像进来那样出去了，我记得克里斯托瓦尔先生曾和我说过，不要关闭身后的门，但是我忘记告诉你这件事情了，所以不能怪你。”

伊内兹低头看看宝宝，宝宝此时依偎在自己怀里，睡得正香。伊内兹并不害怕自己不能出去。可是让宝宝置身于如此危险的地方太可怕了，她也许会死在这里的。

米尔德里德注意到伊内兹的恐惧，自己的脸也白了，但是内心的勇气驱使自己不可以陷入绝望。她说：“只有打开外面地板上的土砖，触动装置，我们才能打开这道门，逃到外面去。所以，除非有人知道这道门的秘密，打开婴儿房地上的土砖，不然门就不会开。”

伊内兹踉跄着走到椅子旁坐下，可怜巴巴地问：“我们要一直呆在这里吗？”

“不，我认为不会的，伊内兹。他们会找到方法打破这墙，救我们出去。”

“但是没有人知道我们在这里！”

“没错，我相信除了这道门，还会有其他离开房间的办法。克里斯托瓦尔曾进来过这个房间，在二楼，大概还有别的入口。你呆在这里，照顾好宝宝，我去检查一下这间房子。”

米尔德里德开始爬楼梯，伊内兹也起身跟着她，"让我也一起去吧，"她乞求，"一个人呆在这里，我害怕。"

"好，但是尽量不要吵醒宝宝。"

爬到楼梯顶端，她们来到了另外一间小房子。这间小房子更长，天花板很高，空气和光线透过头顶的栅格进来，栅格上有东西覆盖，阻挡雨露的渗入。地板铺有厚厚的地毯，经年累月后已经布满灰尘。远处有一张沙发和床，被柔软的窗帘盖住。打开窗帘，里面还有寝具和枕头。

两人都对这次的发现震惊不已。因为克里斯托瓦尔先生允许米尔德里德进来秘密房间时，从未允许她爬上楼梯。也许是房间空置了太久，两人的动静惊扰了房间里的小动物，一只灰色的大老鼠忽地从地毯下蹿出来，箭一般地又消失在沙发下面，把两个女孩吓了一跳。伊内兹紧紧地抱住宝宝，既紧张又害怕。米尔德里德拉着伊内兹，坐在椅子上，打算整理整理目前的思路。

米尔德里德猜，自从克里斯托瓦尔死后，这间房间起码有八年没有人进来过。不过，除了灰尘多了点，其他东西都保存较好。

"我的第一项任务，就是从头到尾检查一遍这个地方。既然没有人帮我们，那只有自己帮自己了。而且现在忽略任何一个细节都可能是致命的。"

于是，她站起来，认真地检查每一块土砖。厚重的地毯几乎铺满了整个地面，米尔德里德不得不一处处地翻开地毯，检查每一块土砖是否能移动。天花板太高，没有办法触碰，不过很显然，出口也不会在那里。

靠近房间中间，离地两尺的地方，有块木板牢牢地嵌在了土砖上。她想，这里极有可能是出口或入口。于是她不仅认真检查了一遍这块土砖，还把周边的土砖都检查了一遍。不过却没有什么发现。

另外一个地方也比较相似，她发现在走道的尽头——沙发后面的墙上也镶着一块巨大木板，不过要爬上床，才能够得着这块木板。而且，这块嵌板也是不可移动的，应该不能打开，因为后面的墙是实心的。床后面的空间，房间的尽头，有一只巨大的雕花橡木箱子。米尔德里德心猛地跳动了一下，一时间竟忘了逃离房间的事情，她弯下腰，打开盖子。

可是她马上就失望了。虽然房间里光线昏暗，但是仍能看清箱子里装的东西，只是一些写到一半的文件。米尔德里德兴趣索然，悻悻地关上盖子。

整整一个小时的搜查结果让人失望，从观察得知，暂时没有快速的方法可以使她们离开这里。于是，她开始计划，在获救之前，如何确保宝宝的安全。

伊内兹顺手拿进来的一瓶牛奶，营养很充足。当宝宝从睡梦中醒来时，喝了一点牛奶后又再次入睡了。通常珍每天都要喝两瓶牛奶，白天一瓶，夜晚一瓶。

米尔德里德看看手表，已经差不多四点了。

宝宝有一瓶牛奶，勉强能撑一阵子。反倒是两位姑娘，没吃没喝的，撑不过多久。

米尔德里德决定将箱子和柜子都找一遍，她吩咐伊内兹将熟睡中的宝宝放在座椅的软垫上，并用枕头支撑着。然后，两个女孩开始翻箱倒柜，检查里面的东西。有一些罐头是方方正正的，有一些罐头就像过滤器一样圆圆的。

其中有些罐头，里面装了一些茶叶和白砂糖。罐头底下有一些饼干屑，除此之外，就没有别的食物了。

伊内兹留在宝宝身边，米尔德里德则到楼下的房间检查。楼下的房间光线更暗，但是她发现了一盒蜡烛，大概有2或3打，铁盒里还有保存完好的火柴。米尔德里德尝试用火柴点燃蜡烛。这些火柴至少放置了八年，但是这里不潮湿，所以没有多大损坏。

米尔德里德在架子上发现有三个罐头，一个标签贴着西红柿，另外两个标签贴着玉米。

这些当然可以备作食物，但是罐子是密封的，而且似乎没有方法将它打开。虽然这秘密房间扔满了小物件，但是没有一件是能派上用场的。墙上十字交叉架着两把军刀，底下还有一把左轮手枪、年久而泛黄的巴拿马草帽。墙角有一把棕毛做成的扫帚。

米尔德里德取上一些蜡烛和火柴回到二楼。

"伊内兹，"她说，"我们必须好好利用资源。我希望不用多久，我们就能获救。楼下有几个西红柿和玉米罐头，但没有宝宝能吃的东西。不过，比起饥饿，口渴更要命，这里一滴水也没有。"

米尔德里德到楼下的时候，伊内兹一直在思考，她问："我们为什么不大声呼叫，让他们听见呢？"

"我有想过，但不是现在。仆人都在屋子的另一头，所以不必白费力气了。但是威尔登先生一行人回来后，他们或许会听到我们的呼救，然后救我们。

"他们什么时候回来？"伊内兹问。

"我听说他们会在镇上吃午餐。但是威尔登太太说午餐后便会回来。我觉得，伊内兹，他们也许已经到了，正在找我们。你在这里，我到楼下去喊，以免吵醒宝宝。"

于是，米尔德里德又下到一楼，靠近她们进来的那堵墙前，发出尖锐刺耳的叫声，她认为这声音能穿透厚厚的土砖。刺耳的尖叫声在房间里回荡，外面的人不知道有没有听到，反正宝宝被惊醒了，她声竭力嘶的嚎哭起来，百里外都能听见。

伊内兹赶紧抚慰宝宝，想让她安静下来。但只有在喂了她一点牛奶后，她才停止了嚎哭。

第十五章 米尔德里德对伊内兹的信任

窄小的秘密房间里，宝宝尖锐的哭声产生出千百倍的回音。知道自己的叫声惊醒了宝宝，米尔德里德十分惊慌，撒腿便往楼上跑。

终于，宝宝哭着哭着又睡着了。"这没用。"米尔德里德焦急地说，"如果我们再喊叫的话，会把宝宝吓死的。"

"也许他们已经听见了。"伊内兹猜，边轻拍着宝宝的手臂。

"也许，希望如此。"米尔德里德叹气道。

现在，米尔德里德走向沙发，检查寝具的好坏。亚麻床单能很好地抵抗岁月的侵蚀，但是毯子和床罩已经散发出霉烂的味道。她抖了抖毯子，然后走回到伊内兹旁边。

两人静静地看着光线渐渐被黑暗吞没，空气开始阴冷。米尔德里德收拾好沙发，然后将宝宝抱到沙发上，盖上毯子。由于烛光炫目，细心的护士还用丝绸窗帘轻轻盖住宝宝眼睛。她们在沉重的黄铜烛台上点了几根蜡烛，这些蜡烛是从柜子里找到的。然后，两人拿起一块毯子，盖在身上，尽可能冷静地等待命运的安排。

此时，两人都意识到她们陷入了危险的困境中。厚重的土砖隔音效果非常好，在秘密房间里根本听不见一点儿外界的声音。亚瑟发现了她们的行踪吗？两人心里都不确定。

"我认为，等天亮后，我们再作打算吧。"米尔德里德说，"我们的呼叫只会让宝宝害怕，墙外的人还是听不见。不管怎么样，让我们勇敢一点，耐心一点。天亮后，事情说不定会有转机。"

此时，烛光忽明忽暗，给房间笼罩上诡异可怕的气氛。伊内兹爬到米尔德里德身边，往日对她的厌恶全抛诸脑后。两人小声地交谈起来，彼此的声音都给对方不小的安慰。

伊内兹首先打破沉默说："告诉我你的故事吧，你小时候的故事。你为什么要离开这里去纽约？"

米尔德里德沉思片刻，问："你会为我保守秘密吗？"

"当然，我不会告诉别人。"

"如果你告诉了别人，我就会离开这里了。"

伊内兹愣了愣，就在几个小时前，她还想千方百计赶走米尔德里德。但是现在，她开始觉得米尔德里德的到来是上帝对自己的眷顾。这场灾难让两人对彼此产生了同情之心，不管接下来的命运如何，伊内兹都不会再讨厌米尔德里德。

"我不希望你走，"她真诚道，"我不会告诉别人。"

米尔德里德想了一会儿，似乎不知道从何说起。

"我还是宝宝时，我的母亲就去世了，她是特拉弗里斯家族的，住在附近的果园。"

"我知道特拉弗里斯果园，"伊内兹马上说，"但是他们都没有在这里呆很久。"

"我的母亲住在这里，"米尔德里德继续说，"直到她嫁给了我父亲。实际上，她在这里住了几年，我是在果园出生的。但是母亲的家人——特拉弗里斯家族不喜欢我的父亲。母亲去世后，父亲就把我带到埃斯孔迪多。我认为他是被赶走的，然后特拉弗里斯家族就把果园卖了，重回他们的故乡英格兰。"

"在埃斯孔迪多，有一位墨西哥妇女给了我们一间房子住，她叫伊莎贝尔。"

"啊！"伊内兹闻此大叫，不停地点头说，"我知道！"米尔德里德好奇地看着她。伊内兹补充说："你继续。"

"我父亲离家很长时间。他四处旅行，有时他带我到墨西哥州，我们最远去了南边的马坦萨斯。当时我还很小，不记得太多。但是我们经常拜访克里斯托瓦尔，因为父亲和他有商业往来。我曾看见他给父亲一大袋金币，虽然很多人都说他是个吝啬鬼。我记得父亲还藏在秘密房间里一天一夜。然后，警察来到屋子搜查，称在捉捕一个走私犯，但是克里斯托瓦尔大声嘲笑，告诉他们尽管检查屋子的每一个角落。警察搜查无果，悻悻而走。然后，父亲从秘密房间里出来，带着我穿过加利福尼亚州到达圣贝纳迪诺，我们在那里住了几天。而后克里斯托瓦尔也来了，我听见他对我父亲说加利福尼亚已经不安全了，建议他有多远走远。他给了父亲更大的一笔钱，有一句我记得很清楚，他说：'我会安全地保管你的财产，直到你需要它。我会把它藏在没有人能找到的地方。'"

"啊！然后他把你父亲的财产藏到这里了？"伊内兹惊呼。马上，她又失望起来，"不对，我们已经检查过了，这里没有值钱的东西。"

米尔德里德叹了口气，继续说："克里斯托瓦尔与父亲握握手，亲了亲我，因为他总是很喜欢我，然后就走了。从此再也没有见过他。我和父亲随后到了纽约，那年我十一岁，不明白为什么要不停地奔波，便问父亲为什么不能安全地呆在加利福尼亚州。他和我解释说，他在墨西哥买了一些饰带和其他商品，没有纳税就偷偷地带回了美国，所以他极有可能被抓起来关进监狱。如果我说漏嘴了，会把他送进监狱的。我是一个敏感的孩子，这件事非同小可，压得我透不过气来。父亲说他没有错，但是我知道警察局是不会放过他的。后来的日子我都在担惊受怕中度过，它毁了我的幸福。"

米尔德里德顿了顿，浑身发抖。一直在专心听的伊内兹说："我现在知道你是谁了，你是米尔德里德·雷顿。"

"你知道？"米尔德里德惊讶极了。

"我当然知道，你说你父亲是警察通缉的走私犯，我就知道了。我听说过很多关于雷顿和克里斯托瓦尔的故事。克里斯托瓦尔给雷顿一大笔钱购买商品，然后雷顿就把赚到的一半给他。但是没有人有证据。雷顿是个聪明人，没有人能抓住他，"

伊内兹的语气是钦佩的，在他看来，似乎雷顿是个大英雄，而米尔德里德因此增光不少。但是米尔德里德只是皱皱眉，继续说："在纽约，我们住在寄宿公寓，我开始上学。父亲对我并不好，他暴戾阴郁，经常警告我说，如果我把他的秘密说出去，他就把我杀了。我一个字也没有说，心里饱受煎熬，因为我还爱着父亲。后来他买了一艘小船，开始往返古巴。他不允许我跟着，每次我劝他停止这种危险的生活，但他只会发誓。更多时候，他都在咒骂，说克里斯托瓦尔霸占了属于他的财产，并且不会还给他了，因为他知道父亲不敢回加利福尼亚州。"

"父亲继续走私，平安无事地过了好几年。有一天早上，我收到一张让我去监狱看他的通知。最终，父亲还是在船上被捉住了。他们在船上打斗，有几个警察中枪，其中一个死掉了。父亲说他没有开枪，但是警察将责任都推到父亲身上。"

他在监狱关了几个月，我每天都去探望他。后来，审判下来了，父亲被判终身监禁。他们有证据说是父亲指使手下开的枪。"说到这里，米尔德里德羞愧地低下了头。

"他没错，"伊内兹维护着说，"如果他们要逮捕雷顿，他开枪也没错。"

"不，伊内兹，他错了。"米尔德里德伤心地说，"从那之后，我就被禁止去看望他。于是，他们让我和父亲进行了最后一次谈话。父亲告诉我，警察拿走了我们全部的钱，他现在没有东西留给我了。但是如果我能回到加利福尼亚，克里斯托瓦尔还欠他一大笔钱，他或许会给我的，虽然他不愿意给我父亲。然后，父亲就被带到了新监狱，那是我最后一次见他，一年后，父亲死了。"

"伊内兹，你觉得我冷酷难以亲近，但是你能怪我吗？我总是觉得会有人发现我的秘密，她们会说我是走私犯雷顿的女儿，用指责的眼光看待我。"

"我没有朋友，也没有钱。公寓的人不会再让我呆下去。我只好收拾好包袱，到街上找房子，找工作。好心的鲁尼恩太太可怜我，就让我到学校里学习护理。当时我十五岁，已经很高大了。十七岁时我在一所慈善医院里当护士。但是受父亲的影响，我始终无家可归。鲁尼恩太太尽力帮助我，但是我的故事不能让太多人知道。于是我把名字从雷顿改为特拉弗里斯，只是这样也没有给我太多的幸运。"

"两年来，我的工作津贴少得可怜。可是，突然间幸运降临了。贝丝·德·格拉夫小姐来到医院，当时我正在照顾一个受伤的孩子，她给了我一份工作，让我来这里，加利福尼亚！那是我人生中最高兴的一天。更让我惊喜的是，我来到的就是克里斯托瓦尔的房子，虽然他已经去世了，但是我记得屋子里的秘密房间，希望至少能找到一点父亲藏起来的财产吧。

"这里就是秘密房间，不过克里斯托瓦尔没有留下任何东西。当年，我父亲被迫离开这里，这个国家对走私犯恨之入骨，最后还是将他赶走了。"

伊内兹摇摇头，轻轻地说："米尔德里德，如果我们不能出去，也许都会死在这里。我不介意自己的死活，可宝宝，她……"语毕，伊内兹不甘地叹了口气。米尔德里德赶紧说："伊内兹，我们一定要救宝宝！如果我们成功，也等于救了自己。来，你照顾宝宝。"

"但是我不再恨你了！"伊内兹抗议，"现在我喜欢你，米尔德里德，我们可以成为朋友，可以快乐地在一起，除非……除非……"

"除非什么？伊内兹。"

"除非我们不能活着走出这里。"

第十六章　不速之客

　　夜越来越深，两个女孩还低声细语地继续交谈。一直燃烧着的蜡烛带给她们勇气。从中午开始，两位姑娘已经滴水未进，饥饿可以忍耐，但口渴就难以忍耐了。

　　宝宝偶尔会哭着醒来，唯一安慰她的办法就是喂她牛奶。牛奶也渐渐不多了。是尽可能多保存点下来，还是现在让宝宝尽情地喝呢？终于，米尔德里德思考片刻，决定先让宝宝喝了，希望早上就会有人把她们救出去。

　　小珍吃饱喝足后，舒舒服服地在温暖的毯子中安静地睡着了。两个女孩又开始断断续续地聊天。这是个漫长的夜晚，米尔德里德尽量不去看表，因为如果不停地看表的话，时间反而过得更慢了。

　　突然，两人听到墙的另一边有沉闷的声音发出。仔细一听，似乎有人在撞击墙壁。两个女孩惊喜若狂，拍腿而起，一个箭步冲到墙前，侧耳倾听。不过，这时撞击声没有了，但是她们听到了其他声音，似乎在很远的地方，有人在呼叫。米尔德里德攒足了力气大声回应，伊内兹也跟着尖叫起来，一时间秘密房间里回音四起。毫无疑问，这混乱的叫声惊醒了睡梦中的宝宝，她惊恐地大声嚎哭起来。

　　米尔德里德和伊内兹尽力去听墙外的声音，结果全被宝宝的哭声掩盖了，于是她们决定先把宝宝安抚下来。宝宝真是吓坏了，伊内兹大费周章，也哄不住她，直到把最后一点珍贵的牛奶喂给她喝，宝宝才安静下来。

　　等到宝宝安静下来，墙外的声音却停止了。不过现在两个女孩心里已经充满了希望，相信亚瑟已经发现了她们和宝宝被困在墙内了。

接下来的一个小时里，不停地有凿墙的沉闷声。米尔德里德告诉伊内兹，他们肯定已经采取救援行动了。两人留意听着每一次凿墙的声音，激动中忘记了饥渴和疲倦。黎明就快打破夜幕，头顶的格子已经有灰白的光透进。

突然，犹如爆炸的火焰，砰的一声巨响，似乎有什么东西重重地落在了走道尽头处。有一个男人一头栽在了床上，又反弹起来，滚了两下，摔倒在地板上，正好面对着两位惊呆了的护士。

男人似乎没有受伤，不过却一脸惊讶。他瞪大了眼睛，嘴巴张得圆圆的，吃惊地看着两位女孩。女孩也瞪大了眼睛看着他。然后，男人慢慢地四处打量：闪烁的烛光，古董家具雕刻，毯子上包裹的宝宝，最后，他再次把目光落在护士身上。

"怎么会，这不是'跑恩'吗？"伊内兹认出了眼前的男人，激动地拍了拍手掌，"你来救我们了！"

"什么？"大个子反问，"我不确定我是不是来救你们的，或许我也被困在这里了。请问这里是哪里呢？"

"我们在墙的空洞里面，先生。"米尔德里德回答，她还未见过大个子，"这里是克里斯托瓦尔建的秘密房间。"

大个子好奇地四处慢慢走动，"这真不是个好地方，不适合我们的小珍呆。"说完，他俯身温柔地亲了一口宝宝的前额。然后，他直起身板，坚定地说，"我们要想个办法逃出去！"

"你能从你进来的地方出去吗？"米尔德里德问。

大个子挠挠头，不好意思地问道："我是怎么进来的？"

"你不知道？！"

"我不知道，我当时凿墙到一半，累坏了，就坐在蓝屋子的窗户上休息。然后不知道怎么地我就到了这里。"

"蓝屋子！"米尔德里德惊呼。

"是的，你注意到我掉下来的方向吗？"

"你在床后的某个地方出现的。我看见你栽在床褥上，然后就滚到了地板上。"

"是的，我还记得我滚了两次。你看到啦，我不在乎能停下来，我只是太心急想看看珍宝宝怎么样了。"鲁尼恩幽默地说。

米尔德里德极力忍住不笑，伊内兹则忍不住，咯咯地笑起来。

"不管怎么样，"大个子继续说，"这给了我们一个线索。亚瑟啊，请原谅我凿墙凿到一半就消失了。"

他拿起一根蜡烛，小心翼翼地向沙发走去，站在房间尽头的橡树箱子上，这样他就能检查到土砖上沉重的嵌板。鲁尼恩怀疑，这就是他掉下来的地方。

鲁尼恩首先用蜡烛仔细地查看了每一个缝隙，试图找出开关。然后又用随身携带的折刀试图撬开木板，结果刀子都快折断了还是没能将木板撬开。最后，他只好用尽力气呼叫。

不过，很久都没有听到有人回应，鲁尼恩走回到女孩面前，说："这只是个偶然事件，我轻而易举地就来到这里，我向你保证。但是出去就不简单了。不过，我们不会被困太久，男人们都在外面破墙呢。"

接着，鲁尼恩将今晚发生的事情告诉她们，一群人是如何发现宝宝和两位护士不见的，然后几乎把这附近都翻了个遍，道尔少校是怎么听见宝宝的鬼叫声，从而获得发现真相的线索，还有大家无法进入秘密房间时的绝望。

米尔德里德也向大个子解释她们为什么会被关在这里，并且尝试了千方百计都无法出去。

"肯定有办法可以出去，"米尔德里德说，"因为费尽心思的克里斯托瓦尔不会设计出一间只能进不能出的秘密房间。"

"很有道理。"大个子点点头，"但是同时我也想不通他有设计出口的理由。这些房子大概是用来藏东西的。这里至少有两个入口能打开。但是藏在这里的人肯定能控制情况，当危险来临时能迅速逃走。"

"除非……"米尔德里德想了一会儿说，"除非这房间是用作监狱。"

"极有可能。"大个子赞同，"如果囚禁的人多了，意外发生的几率就增大，于是克里斯托瓦尔便将出口封死。不得不承认，这是一流的监狱。但是……"他的话音一变，"你怎么能忍受此番折磨？你们在这里肯定焦急万分，饥渴难耐。"

大个子说话时看着米尔德里德的脸，第一次，他发现宝宝的新护士也是一个有意思的女孩。她不是特别漂亮，但是颇具吸引力。实际上，虽然米尔德里德彻夜未眠，但是此时的她，神采十足。冷酷蔑视的眼神这么多年来第一次不见了。

"我们不是很饿，"她朝大个子笑笑说，"但是我们很渴，我愿意用所有的东西来换一杯水喝。宝宝把最后的几滴牛奶都喝光了，她很快就没有东西喝了。"

"那么，我来研究研究这间房间，看看能不能找到办法出去。能找到的话，亚瑟就不必大费周折凿墙了，要知道，这土砖可是坚固得很，要凿出能让人出去的洞，得要好几个小时呢。"

第十七章　浪子回头

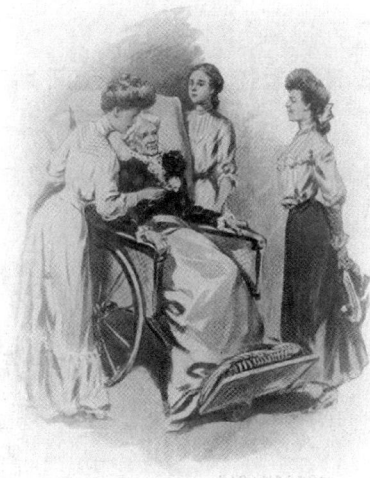

光线透过天花板顶的格子照射进来，房间里的东西也渐渐地能被看清。大个子开始系统地检查房间，仔细地观察每一个角落和表面的每一块土砖，测试土砖是否有可疑的地方。两个女孩疲倦地看着大个子，心里也不抱希望，因为她们早就把房间检查了好几遍。

果然，大个子失望地放弃了。

"这肯定有出口，"他说，"但是克里斯托瓦尔比我们聪明多了，如果我是流氓，我保证掐死他！"

他站在房间的中间，环顾四周，最后，目光落在一边的软垫座椅上。他觉得这个软垫座椅很可疑，这些软垫座椅像盒子一般，表面都有棉加衬垫。

他弯腰打开其中一个盖子，看见里面的东西，大个子惊讶地大叫了一声。箱子里全是摆放得整整齐齐的瓶子。

"酒！"他惊呼，"女士们，我不记得你们的名字了，我想你们不用挨渴了！"

"我是米尔德里德·特拉弗里斯，先生，但是我不能喝酒。"

"但是酒能缓解你的口渴，几口也不可以吗？"

他边问边拿起一瓶酒，试图打开盖子。

"一滴也不可以，即使可以救我的命。"她明确地回答。

"我可以！鲁尼恩先生，我可以喝！"伊内兹迫不及待的说，她真的是渴坏了。

"鲁尼恩？！"米尔德里德听见伊内兹口中男人的名

字，惊讶地后退了一步，瞪大了双眼看着他。

"请原谅，我没有自我介绍吗？"他抬起头问，"是的，我的名字叫鲁尼恩。"米尔德里德的不寻常的反应，让大个子觉得很奇怪。

"布沃尔·鲁尼恩？"她压低声音问。

大个子坐下来，双膝夹着酒瓶子，"他们确实是这样为我命名，很蠢的名字，但是你怎么知道的？"

"你妈妈是玛莎·鲁尼恩？"

"是的，啊！你认识我的母亲，难怪你听说过我。但是她说的没一句是好话，她肯定说我不少坏话。"

"她真的爱你，"米尔德里德快速地答道，"只是你让她失望了。"

"我确实让她失望了，我从能记事起，就总是让她失望。"

"你过去太挥霍无度了。"米尔德里德用责备的口吻说。

"是的，是我的错。父亲宠坏了我。他去世之后把财产都留给了母亲。明智的决定。但是母亲嗜钱如命。"

"她不是为你偿还了所有债务吗？"

"是的，她责备我欠别人很多钱，有一笔还是宠物娱乐消遣。于是她帮我还债，在这里买了一座果园给我。赶我到这里来，说果园就是我唯一能继承的财产，我休想再从她那里得到一分钱。她的钱都投入到慈善机构里了。不错的主意，不是吗？"

"她十分的慷慨大方。"米尔德里德说。

"是吗？观点不同。但是我认为她送给我的礼物是通向贫穷的第一步。她把土地扔给我，期望我能以此谋生。"

"你不可以吗？"米尔德里德好奇地问。

"在加利福尼亚州的果园谋生？"他大声地说，好像很震惊。

"其他人都可以。"米尔德里德说。

"没有其他东西能像仆人一样忠诚。"他说着，继续努力打开酒瓶塞，"我种不出足够的柠檬，她给我的是柠檬园，卖出去的钱还不够花销。第一年，我贷款装修房子，买了汽车。第二年，我还第一年的贷款和一些零散的债务。第三年，还第二年的贷款，第四年……就这样一直循环。"

"噢，我很抱歉。"米尔德里德遗憾地说。

"我也很抱歉。谢谢，蠢事情，卖柠檬。但是危机就在眼前，我能做的就是卖柠檬！"

"你母亲希望你能翻开新的一页，补偿你的过去。"

"现在太晚了。"他咧着嘴笑了，"但是，你现在告诉我吧，你是怎么认识我母亲的？"

米尔德里德犹豫了一会儿，想到她欠大个子一个合理的解释，她只好说："我遇到麻烦的时候，是她保护了我。"

"啊，这像是她的风格。你知道吗，我认为当我穷困潦倒时，她会大发慈悲，帮助我。她的爱好就是帮助可怜的女孩。例如，有个姓雷顿的女孩，她的父亲是个走私犯、杀人犯，被关了终身监禁。可怜的女孩没有一个朋友，直到母亲将她送进技校学习护理。"说到这，鲁尼恩突然停住，他的脸涨得通红，不确定地盯着米尔德里德，终于开口："你说你是特拉弗里斯？"

"是的。"她低头回答。

"不是雷顿？"

"你能打开酒盖吗？鲁尼恩先生，我太渴了！"伊内兹想保护好朋友的秘密，赶紧插嘴问。不过大个子是个聪明人，从米尔德里德的反应里，他大概也猜到了事实，只是他也很体贴地不去追问。

"瓶塞太紧了，"他说，"那，我们不讨论这件事了。"接着，他将酒瓶对准椅子的边缘撬开，一滴酒也没有漏。桌子上有茶杯，大个子把一些酒倒进杯子里。

"这是本地的葡萄酒，在这里储存了这么久，应该很香醇了。"

伊内兹一饮而尽。墨西哥女孩都习惯喝本地酒，饮酒如饮水。但是米尔德里德虽然喉咙都快着火了，还是坚决不喝。

鲁尼恩也喝了一点儿，他也渴了。然后他又将其他椅子检查一遍。其中一些藏着酒，一些是空的，没有发现水。

"现在我要到楼下，"鲁尼恩说，"看看能不能发现一些重要线索。墙的另一边有咚咚的沉闷声响，你们听见了吗？说明我们的伙伴正在努力要救我们出去呢。"

这时，小珍再次被吵醒了。伊内兹轻轻地抱着她，跟着米尔德里德和大个子一起走到楼下。两个女孩早就已经将这里搜了一遍，但是没有令人惊喜的结果。

"这里有食物！"大个子发现了那些玉米罐头和西红柿罐头。

"是的，但是我们没有罐头刀。"米尔德里德回答，"而且，除非它们已经是熟的，不然也不能吃。"

"我不在乎能不能吃，"鲁尼恩说着，拿起一把随身携带的小铅笔刀，"西红柿里通常会有很多汁液，我想应该能解渴。"

他开始用小刀撬西红柿罐头盒。以前的罐头盒质量非常好，大个子捣鼓了半天也没能弄开。不一会儿，脆弱的刀片啪的一声就断了，大个子又换了另外一片刀片。不过，新刀片很快又断了。按大个子的话，这个罐头结实得不可思议。

"它打败我了。"他摇摇头，"不过我不喜欢放弃，如果我们能弄到西红柿汁，它会派上用处的。"

鲁尼恩环顾房间，这时，他发现了挂在墙上的左轮手枪。

"啊！如果手枪里有子弹，我会把它用作开罐器。"大个子说着，伸手取下手枪。

"很好，六发子弹，三十二口径。现在，女士们，如果你们能忍受枪声，并且手枪威力还在，我相信我能将罐头打开一个口，让西红柿汁流出来。"

"我没关系。"伊内兹说，"但我先要将宝宝抱上楼去。"

"枪声会形成回音，像打仗一样。"米尔德里德说，"不过，我太渴了，如果你的建议有效，我不介意你用枪射开罐头。"

鲁尼恩把罐头放在桌子的边缘，刚好到人的腰际高。伊内兹已经抱着宝宝到楼上去了。大个子站好位置，瞄准罐头说："你最好捂住你的耳朵，米尔德里德小姐。"

米尔德里德乖乖地捂住耳朵。

虽然大家都做好了心理准备，不过手枪的威力大大超出预想，震耳欲聋的枪声后又有一声爆炸声。西红柿罐头从架子上掉下来，里面的汁液漏了一地。

米尔德里德大叫："噢！快捡起来！漏了！"

鲁尼恩没有回答。他迷茫地直盯着前方，不知所措。米尔德里德也顺着他的目光望去。

烟雾渐渐散去，墙上居然出现了一个孔。原本紧紧粘在一起的三块大土砖，在子弹发出的冲击下，已经整齐地向外开启。

透过这个孔，他们看见外面庭院沐浴在阳光底下的玫瑰正娇艳盛开。

米尔德里德激动地跪下来，喜极而泣。大个子走到楼梯前朝楼上喊："嘿！下来！伊内兹！快带宝宝下来见她的妈妈！我敢说，她肯定会高兴得发狂。"

第十八章 饰带与金币

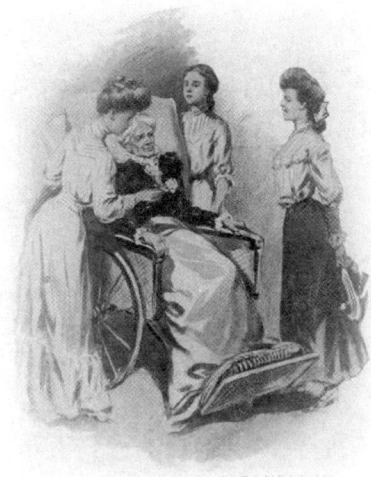

下午四点，帕琪揉揉双眼，打了个哈欠，从床上坐起来。

"天啊！"她叹息道，"我还是觉得很累，但是大白天睡觉太不应该了。我想知道贝丝醒了没有。"

于是，她来到贝丝房间。"你觉得其他人醒了吗？"帕琪问。

"看那里！"贝丝指着窗外说。

帕琪看见鲁尼恩先生坐在花园的长椅上，正和特拉弗里斯小姐聊天。

"一番惊险过后，他没有回家吗？"帕琪问。

"没有，"贝丝回答，"哈恩先生和哈恩太太都回去了，但是我们的鲁尼恩先生说自家果园的床没有这里的一半舒服。他是个单身汉，日子挺孤单的。所以亚瑟让人给他收拾出一间房，他就睡下了。但似乎现在，他又有其他娱乐了哦。"

帕琪看着花园里的两个人，说："鲁尼恩先生似乎对米尔德里德小姐颇有好感。"

"是的，"贝丝回答，"他和米尔德里德一起困在秘密房间里，这段经历让他们互相熟悉。这次的囚禁真特别，不是吗，帕琪？"

"非常特别。我还没有时间细想。宝宝安全地回到妈妈的怀里，我就上床睡觉了。但是我突然想到，为什么米尔德里德知道这房子这么多的秘密呢？为什么她要在大家都不在的时候，去找这些秘密房间呢？和她曾经在这里生活过的经历联系在一起，以及她迫不及待想来这里工作，你还记得她那句'谢天谢地'吗？整个谜团还没解开呢，反而更让人纠结了。"

贝丝沉思许久，说："我肯定米尔德里德会给我们解释的。我们先别对她下结论，帕琪。我建议你赶紧换衣服。露易丝推宝宝出来散步了。大概除了我们，大家都在楼下了。"

"在那个糟糕的晚上，露易丝和宝宝都在睡觉呢。"帕琪又打了个哈欠，"难怪她们这么早就起来了，还活力十足。"

嘴上虽然这么说，但是帕琪还是快速地换好了衣服，和贝丝一起到楼下去。

约翰，道尔少校和亚瑟正在庭院里抽烟，偶尔喝一口咖啡，热烈地讨论着那天晚上发生的事情。最让人好奇的就是墙里的秘密房间了。

亚瑟说："整个果园，包括这栋房子，都是由法庭的执行人员负责售卖。因为克里斯托瓦尔在这里没有继承人，所得到的钱都归西班牙的亲戚。但是我肯定，秘密房间的事情当时大家肯定都不知道。不然，秘密房间里有些家具雕刻独特，价值不菲，还有美酒，肯定会被拍卖了。我买这座宅子时，所有的家具都被搬得一干二净，更加证明了他们不知道秘密房间的事情。现在，我们的问题是，我是不是合法拥有那里面的东西呢？"

"今天早上我和其他人走进秘密房间里，但是没有留意太多。"梅里克说，"我认为所有权归你。那些年代久远的家具价值谁也说不清。我的意见是，你将你想要的东西搬出来，然后将秘密房间封起来，永远保守这个秘密。"

"我认为，"道尔少校说，"在野蛮的印度人和谋杀、拦路抢劫的强盗肆虐的日子里，秘密房间发挥着重要的作用。但是，正如约翰所说的，现在已经毫无用处了，反而是一个危险的地方。"

"门还开着吗？"帕琪问。

"是的，我放了楔子挡住它，所以它不会再关起来。"亚瑟说。

"那没关系，米尔德里德知道进去的方法。"贝丝说，"整件事就是因为伊内兹关闭了她们进去的那扇门。"

约翰若有所思地抿了一口咖啡，说："那个女孩，应该要解释一下她为什么知道这么多。"

"还有她们在里面做了些什么。"道尔少校补充道。

"她会的，"鲁尼恩悠闲地走进来，往椅子上一坐，喝一口咖啡，说："我刚和……和特拉弗里斯小姐聊天，她觉得该告诉你们整个故事，毫无保留地。而且她也希望咨询你们的意见。"

"谁的意见？"亚瑟问。

"所有人的意见，她之前问过我的意见，我告诉她要将故事全盘托出。可怜的特拉弗里斯小姐，有一个不幸的过去，但是她没有怨天尤人。我认识她时间不长，但是她是一个好姑娘。"

"她现在在哪里？"帕琪问。

"和威尔登太太、小珍在花园里。她们一会儿就过来。"

大家都不说话了，各有所思，直到露易丝和米尔德里德推着宝宝进来。虽然米尔德里德的脸色很苍白，但是却有前所未有的魅力，因为她的眼睛不再透出冷酷的光，而是温婉柔和。

伊内兹从婴儿房里跑出来，准备带宝宝回去。但是露易丝不让小珍走。多亏了诺克斯医生的药，露易丝已经从噩梦中恢复过来，但是这位妈妈依然紧张兮兮，寸步不离地守着宝宝。于是，伊内兹就抱着小珍坐在长椅上。

庭院里微风习习，阴凉安静。大家目不转睛地看着米尔德里德，这让她倍感尴尬。贝丝觉得，是自己提议将米尔德里德带来的，所以有责任先开口。于是她问了米尔德里德几个问题，米尔德里德便开始讲述自己的故事了。

大家同情地听着米尔德里德的故事，在此之前，只有伊内兹听过了这个悲惨的故事。

米尔德里德又将那天晚上和伊内兹说的复述了一遍，多了更多细节，解释她和克里斯托瓦尔先生的故事。

"他是一个不寻常的男人，"她说，"记忆中他上了年纪，白发苍苍，总是穿着白色的法兰绒衣服，和他黝黑的皮肤形成鲜明的对比。他一个人住在这里，只有一个男仆人负责所有家务。"

"这位仆人是米格尔。"伊内兹补充。

"克里斯托瓦尔不太受欢迎，"米尔德里德说，"因为他嗜钱如命，简直是守财奴。正是因为这一点，他才和父亲有违法的勾当。父亲逃离加利福尼亚后，克里斯托瓦尔将钱藏了起来。"

"所以我才对这房子颇感兴趣。"她继续说道，"当我们逃离加利福尼亚州时，很多属于父亲的财产都藏到了墙里。"

　　"为了避嫌，父亲总是允许克里斯托瓦尔替他藏起钱来。"

　　"雷顿被关进监狱后，我最后一次见他，他让我回来向克里斯托瓦尔拿回属于他的钱。他说，如果死了，秘密房子的事情也不为人知。因为他发誓不会告诉别人。他认为我会找到那些仍藏在秘密房间里的财宝。"

　　"你被关在里面时，有查看过吗？"亚瑟问。

　　"是的，但是没有任何证据证明我能拥有这些财产。"

　　"谁会想到，在这个太平盛世会和一个真实的走私犯藏宝故事联系在一起，真有意思。"

　　"我们不能忘记，加利福尼亚州上的有名的房子都有一段浪漫的历史。"

　　"但是关于米尔德里德的财产，"帕琪说，"你不觉得会藏在了墙里的其他地方吗？"

　　"我所知道的克里斯托瓦尔，是一个诚实的人，但是十分吝啬和贪婪。"

　　"我的父亲，"米尔德里德说，"直到我们逃走的时候还很相信他。克里斯托瓦尔十分喜欢我，他曾把我抱在怀里，说有一天我会成为一位富家小姐，因为他和我的父亲都在为我攒财富。我那时还很小，但是我一直都记得。"

　　道尔少校建议："我们应该再把秘密房间检查一遍。"

　　"我们会的，"亚瑟坚定地说，"现在开始有点晚，明天早餐过后，我们再开始。伊内兹，我希望你能请米格尔过来帮我们，让他明天早上九点钟过来。"

　　伊内兹点点头，将宝宝交给米尔德里德，就往米格尔家走去。

第十九章　伊内兹和米格尔

　　大老远，伊内兹就看见在橙子树下，米格尔孤独地抽着烟，似乎正等待着自己的到来。

　　"噢！米格尔！"伊内兹挥手大叫，"我告诉你一个秘密！当然，现在也不是什么秘密了，因为大家都知道了。米尔德里德·特拉弗里斯，从纽约来的女孩，并不是米尔德里德·特拉弗里斯。她是走私犯雷顿的孩子，她是米尔德里德·雷顿！"

　　米格尔仿佛没听见一般，他站起来，将香烟咬成两段，刚迈开脚步，就被石头绊倒在地。

　　伊内兹失望地看着他，因为米格尔听了这消息也没有一丝情绪变化。

　　米格尔转过身，机械地走过一排橙子树。走了几步，他突然停住了脚步，然后，他转过身，拖着缓慢犹豫的步伐走向伊内兹。

　　"你说，她叫米尔德里德·雷顿？"米格尔问，仿佛刚才没听清楚。

　　"是的，你记得吗，米格尔。她说她曾经来过这里，还是小女孩的时候，和伟大的走私犯雷顿一起，你知道她的。克里斯托瓦尔还在的时候，你就在这里工作。"

　　米格尔点点头，脸上毫无表情，眼睛直勾勾地盯着伊内兹。

　　"雷顿死了，"伊内兹继续说，可以把自己知道的小道消息都讲出来倒是一件挺让人开心的事情，"他被关进监狱，然后就死在里面。米尔德里德因为父亲的坏名声而感到羞愧，就改名特拉弗里斯。她很穷，所以才会来这里当护士，希望可以找回属于父亲的钱。"

"什么钱？"米格尔激动地抓住伊内兹的手腕。他的力气太大了，将伊内兹的手都抓红了。

"别这样，你弄疼我的手了！那是克里斯托瓦尔欠她父亲的钱。把你的手拿开，米格尔！"

米格尔慢慢地放开手，问："她会在哪里找到这些钱？"

"她也不知道。大概早就不在这里了。但是有许多走私的饰带，价值不菲，被藏在了秘密房间里。"

米格尔听到这里，突然笑了，似乎一下子就重拾了冷静。他开始拿出另一根香烟。

"那些饰带年代也很老了。"

"年份越久就越好。"

米格尔顿了顿，盯着手里的卷烟，又将它扔掉。他朝周围看了看，确定周围没有人后，他抓住伊内兹的胳膊，这回是轻轻地抓住她的胳膊，带着她走进橙子林里。

"米尔德里德，"他轻声地说，"你讨厌米尔德里德。"

"不，不，我现在不讨厌她了，我爱她。"

"这样！"米格尔惊讶地倒吸一口气，"你告诉过我她是一个女巫。"

"我错了！"伊内兹赶紧辩解，"她是个好人！她很穷，也没有朋友，一切都是因为她有一个臭名远昭的走私犯父亲。但是，米格尔，我和她一起被关在墙里，我们谈了很多，我才开始了解她。我不再讨厌她了，相反，我爱她！"

"坐下，"米格尔指着身边的大石头说。伊内兹听话地坐下。米格尔坐在地上，与她面对面，又掏出另一根香烟，说，"告诉我这个女孩的故事，雷顿的女儿的故事。"

伊内兹尽可能将米尔德里德告诉她的重复一遍，虽然她将某些情节夸大了，但是一字一句中都充满了对朋友的同情。米格尔冷静地听着，偶尔点点头。伊内兹讲完故事后，米格尔默不作声地抽了一会儿烟，然后问："米尔德里德现在会做什么？"

"他们明天会把秘密房间再仔细搜一遍，试图找到藏起来的宝藏。"伊内兹回答，"威尔登先生请你明天早上九点过去帮忙。"

"威尔登先生说的？"

"是的。但是我们早就将秘密房间找了一遍，米尔德里德和我，还有鲁尼恩先生，一无所获。我肯定钱也早就不在那里了。所以米尔德里德要一辈子都留在这里和我一起照顾珍小姐了。"

米格尔沉思着说："但是珍小姐长大后，她又能做什么呢？"

"我怎么知道呢？"伊内兹摇摇头，"穷人家的女孩总要干活，不是吗？"

"富人家的孩子也要干活。"伊内兹说着，双手抱腿，下巴放在膝盖上，又继续说道，"有比我们干活的人更快乐的吗？即使他有大笔的钱。答案仍然是否定的。威尔登先生干活，哈恩先生也干活，即使是鲁尼恩他也干活，嗯，偶尔干活。如果一个人不劳动，他是不会快乐的。米格尔，如果一个人不劳动，钱也不能带来快乐。所以，当米尔德里德发现自己还是一无所有，没有钱，正如她所预期的一样，她还会继续为威尔登太太工作，也会很快乐。"

"我也干活，"米格尔说，"我总是在干活。"

"如果你有很多钱，你还会继续干活。"

"是的。"

"你不会在乎钱，你不会的，钱对你没什么好处，也不会改变你的生活。"

"不会。"

两人又沉默地坐了一会儿，似乎在思考这个哲学命题。最后，伊内兹开口了："你记得雷顿先生吗，米格尔？"

"是的，他是个好人。他为克里斯托瓦尔赚了很多钱。有时候我看见他们在数金币，十个归克里斯托瓦尔，十个归雷顿，分得很平均。然后雷顿先生会给我一枚金币说：'谢谢你，米格尔，谢谢你的正直忠诚。'"

"那克里斯托瓦尔也有给你金币吗？"

"没有。"

"你用雷顿给你的金币干什么？"

米格尔耸耸肩，说："买西红柿，一些酒，玩卡片游戏。"

"雷顿夸你正直忠诚？"

米格尔反问："你是怎么觉得呢？伊内兹？"

"当人们谈论起米格尔，他们总会说米格尔是个好人。我曾听见威尔登先生说米格尔很诚实正直，我毫无保留地相信他。"

"威尔登先生说的？"

"是的。"

　　"然后呢？"

　　"我认为你有时很诚实坦白，有的时候并不，就像我一样。"伊内兹回答。

　　米格尔站起来，朝小路走去，说："有时候总是诚实坦白是一件很愚蠢的事。告诉威尔登先生，明天我会准时到。"

第二十章　鲁尼恩的大发现

眼下，所有的危机都已烟消云散，辛芬为此准备了一顿丰盛的大餐。正如约翰说的，这是在卡斯特罗餐厅后，吃的最正式的一顿了。当然了，鲁尼恩也在晚宴上，因为他第二天要帮忙搜查秘密房间。亚瑟家的电话也已经修好了，露易丝把鲁道夫和哈恩也邀请过来一起庆祝。

所以才回家不久的哈恩夫妇，傍晚的时候也来了。这是一个欢乐的夜晚，大家围在一起聊着笑着。伊内兹把宝宝抱来，可爱的小珍马上收获了一个又一个的吻。帕琪说再不停止，恐怕宝宝娇嫩的皮肤都要被他们吻破了。

米尔德里德之前在庭院里讲述完自己的故事后，就马上回房了。为了表示尊重她，露易丝把米尔德里德也叫来一起用餐。

晚餐后米尔德里德回去自己的房间，其他人在书房里围着壁炉取暖。他们在认真的谈论着米尔德里德的过去和未来。

"我不理解，"一直都拥护米尔德里德的贝丝说，"可怜的米尔德里德为什么会因为父亲是个罪犯而备受谴责？"

"我也不懂，"帕琪说，"可怜的孩子不应该被责怪。"

"这些犯罪倾向，"道尔少校认真地说，"有时候是会遗传的。"

"噢！胡说！"约翰不同意，"我想象不出米尔德里德会成为走私犯，我们也曾经不假思索地评论她冷酷的双眼，但那都是因为她饱受折磨、责备、歧视才印记在里面的。我越来越喜欢这个女孩了，她写满痛苦与挣扎的脸颊比以前我看到的更有光芒了。"

"眼睛表达出来的东西，"亚瑟说，"一直都被认为是品质的外露。"

"那这真是愚蠢的偏见。"直率的帕琪坦白地说。

"我不这样认为，亲爱的。"露易丝反对，"眼神不一定能表达出个人品性，但是肯定能表达个人此时的思想。我们不能正确地读出米尔德里德冷酷眼神的含义，这我承认。但是她冷酷的眼神表明，她对外界有所防备，她对命运的愤懑和失望，以及她内心渴望有被尊重的社会地位。她意识到自己的故事会被无情地嘲笑，所以才总是以冷漠示人。"

"但是现在情况变了，"帕琪说，"米尔德里德的想法改变了。她知道坦白自己的故事才能获得别人的理解和同情，她走的时候我注意到她双眼都是前所未有的柔和与感激。"

大个子鲁尼恩一直在听着大家的对话，终于，他开口了："她是个出色的人，我为她感到骄傲。首先，我的母亲看人精准。你不能误导她对一个人的判断。你看她对我的判断就知道了！当我亲爱的老母亲收留米尔德里德·雷顿，并庇护她时，就证明米尔德里德值得人信任。母亲从来不会看错。想想，她供米尔德里德上学，让她成为一名护士，就足以说明米尔德里德的品性了。现在，我不关心能不能找到走私的货物，米尔德里德需要的是朋友。现在，她与我母亲相隔甚远，我会成为她的朋友。"

"噢！"露易丝兴致勃勃的问，"你恋爱了？"

"我？这个年龄？当然没有！"

"你多大？"

"三十。"

"足够了。"约翰说。

"这个年龄是该找位妻子照顾你了。"海伦·哈恩建议。

"坦白说，鲁尼恩，你是不是对米尔德里德有一丝好感？"鲁道夫直接问。

"大概有一点儿吧，这种感觉有点像葡萄干果冻、巧克力夹心软糖、葡萄糖的味道，我猜这就是爱的表现吧。"

"噢，娶了她然后携手一生！"亚瑟调侃。

"你要抢走我的护士？"露易丝抗议。

"鲁尼恩和小珍一样需要一个护士，事实上，他就是一个大宝宝！"

鲁尼恩平静地接受了大家的调侃，叹了口气说："冒险的日子结束了，如果男人想保护一个在困境中的女孩，大家都会认为这个男人想娶这个女孩。"

"你不是吗？"帕琪问。

"我以前从没想过，不过现在想想，也不是什么坏主意。"鲁尼恩坦白，"果园的生活有点孤寂。"

"你在说什么傻话，"贝丝说，"米尔德里德是不会答应为你洗盘子的。"

"为什么？我相信她会的。"鲁尼恩说，"我肯定她不喜欢我的奢侈浪费，这也是我为什么对她如此尊重的原因。当我提起抵押贷款时，她似乎根本不在乎。我还能给予我的妻子什么呢？"

夜深了，睡意也渐渐来袭，温暖舒适的书房也没能把他们留住，看起来床的诱惑力比壁炉更大。哈恩第一个回去房间，其他人也跟着散了，约好第二天八点餐桌上见。

翌日，早餐过后，亚瑟宣布这天的首要事情就是将秘密房间彻底检查一次。

"这次一定要全面检查，最后一次了。"亚瑟补充说，"我们必须有一个让自己、让米尔德里德满意的结果。我们不能放过每一个角落，务必将藏在秘密房间的东西找出来，即使是老鼠和甲虫。"

"没错，"约翰赞同，"一次成功。我们时间充裕，人多眼精。一定要给米尔德里德满意的结果。"

大家走到庭院里，米格尔此时正耐心地坐在庭院中。他穿上了自己最好的衣服，打了红色领结。帕琪说："他好像要去参加派对，而不是大搜索！"

米格尔站起来，向主人深鞠一躬，等待主人的指示。

贝丝来到米尔德里德的房间，请她一起参与搜查大行动，毕竟这次行动是为她而设的。米尔德里德心里忐忑不安，她对这次最后的搜查不抱什么希望。但是她还是礼貌地答应了贝丝。

两人一起来到了婴儿房，到场的还有决心帮忙的仆人们。

米尔德里德向大家说明了进入秘密房间的方法，于是，这个保守了多年的秘密，终于公之于众了。大家进入了秘密房间，一个跟着一个。

接着，大家就开始搜查房间里的每一个角落。最重要的是要找到一些秘密洞穴或橱柜，可能藏着金币的地方。这时候，女孩们仔细的特质发挥了重要的作用，又找到一些前两次被忽略的东西，不过还是没有发现金币。

　　两个小时过去了，大家已经将一楼的秘密房间翻了个底朝天，但一无所获。于是，大伙便往二楼进发。

　　"这里，"亚瑟鼓舞大家，"看起来更有希望，我们要打起十二分精神！"

　　于是，大家又开始搜查起来。米格尔表面上听从指挥搜查，但是却丝毫没有热情，甚至一点儿兴趣都没有。

　　地板检查完毕，接着是墙，从地板到天花板，一块块的检查。让米尔德里德和鲁尼恩都感到迷惑的是内壁上的嵌板。不知道是谁无意中碰到了什么，嵌板突然移开了，暴露了自己的秘密，旁边又露出一块相似的嵌板，显而易见，这嵌板是由弹簧操作的。

　　这就是进入到二楼的一个通道。当然，还有另外一个方法，就是鲁尼恩突然从蓝屋子来到秘密房间的通道。为了让真相大白，鲁尼恩又来到了蓝屋子里，站到那天他站的位置上。鲁尼恩手脚并用，使劲地推窗上的铺板，但是没有任何反应。最后，他不经意地用脚后跟撞了一下对面的嵌板，开关被启动了。背后的嵌板开启了，露出一个通道，毫无征兆，鲁尼恩就滚落了下去，嵌板又悄无声息地关闭了。

　　鲁尼恩滚落到床上，弹起，又落在地板上。幸好，他没有受伤。

　　一番滚落，鲁尼恩头晕目眩，他愣了一会，突然一拍大腿，惊叫道："我知道了！我知道了！"

　　"你发现了什么？"亚瑟问。

　　"我发现了。"

　　"什么？哪里？"大家惊讶地问。

　　"在蓝屋子里还是在那条通道里？"贝丝问。

　　"我下来到这里以后！"他回答，"我们真是个笨蛋！"

　　"你能解释一下吗？鲁尼恩先生？"米尔德里德着急地问。

　　"我会的，很简单，看看那床铺。"

　　"床！"大家立刻把目光聚焦在床上。

　　"当然，"鲁尼恩说，"除了床垫和弹簧，还有其他东西，我摔下来两次，我知道。"

第二十一章 破布里的宝藏

话音刚落，亚瑟就把被褥等东西全堆在地上。大家紧张兮兮地看着亚瑟的每一个动作。

枕头、毯子、被单、床垫通通都移走了，露出一床帆布。

"老鼠！"约翰突然惊慌大叫，把头躲在道尔少校和鲁尼恩的肩膀之间。

这一喊叫犹如一声指令，一群啮齿动物从床下蜂拥而出，四处乱窜。大概亚瑟的举动惊扰了老鼠。女孩们吓得花容失色，尖叫着跳到椅子上，跳着挥动着自己的裙子，赶走老鼠。

亚瑟弯腰将帆布掀开，众人哗然。鲁尼恩的猜测是对的。整个床架，整整齐齐放满了包装严密的价值不菲的饰带。噢，是曾经包装严密价值不菲的饰带。因为老鼠在这里筑起了安乐窝，经年累月的撕咬，饰带已经千疮百孔，一文不值了。

大家惋惜地看着眼前的场景，昔日精美的饰带变得支离破碎，好不容易找到雷顿的遗产，结果却是白忙活一场。

亚瑟扔掉一些破损的饰带，想找找是否还有侥幸逃过老鼠牙齿嘶咬的饰带。亚瑟和鲁尼恩开始从上往下找，结果只有几个饰带是完好的，这显然无济于事。

查找过程中，大家屏住呼吸，一个字也不敢说。害怕米尔德里德失落伤心，贝丝抓住米尔德里德的一只手鼓励她，帕琪也抓住另一只，但是米尔德里德神情坦然，一点儿也不紧张害怕。

看见第一幕的时候，米尔德里德就已经预测到结果了。

不过，能找到一直以来在努力寻找的东西终究是好的，即使它们已经不值钱了。

大家或坐在椅子上，或半倚靠在墙上，看着这堆被损坏的饰带，心情五味陈杂。

突然，鲁尼恩打破沉默："这次的发现太让人吃惊了，结果却糟糕透了。但是特拉弗里斯小姐，你要知道我们都很遗憾现在的结果。你毫无疑问是饰带的主人，但是饰带却归属了老鼠！这些破损的饰带让我想起了我的贷款，我的贷款又让我想起了别的东西。"鲁尼恩转向米尔德里德，继续说，"米尔德里德，我要在好朋友面前，向你说一些心里话，因为我知道他们都会支持我的，是吗？"鲁尼恩看看大家，问道。

大家笑着点点头。

受到大家的鼓励，鲁尼恩继续说："你的财富都化作了乌有，现在你没有钱，没有财产。我要说的话可能很自私。现在这里有两个贫穷的人，你和我。也许我们身上的钱只能够煎一盘鱼，但是我还有一座装修不错的平房，很多柠檬树，能对付日常开销。我是一个孤独的单身汉，米尔德里德，我需要一个人来陪。你愿意嫁给我，照顾我们的家吗？"

在场的男人们都被这一番话震惊到，女孩子们则感到很高兴。现在，所有的眼睛都好奇地看着米尔德里德。

"你并没有说你爱我。"米尔德里德故意戏谑。

"还不明白吗？"鲁尼恩回答，"没有人会向一个他不爱的人求婚，有这样的人吗？"

"你才认识我两天。"

"两天零七个小时。但是我母亲她认可你，而我相信她。"

"当贷款到期后，平房也不会有了。"

"你愿意相信吗？"鲁尼恩急切地说，"如果有你在，我会卖掉那些柠檬，够偿还利息，还有一笔可观的收入。事实上，如果我们活的时间够长，我们甚至可以还清贷款。你知道的，我奢侈浪费，但只是因为我生活没有目标。你答应我的那一刻，就是我改过自新的一刻。"

米尔德里德的笑容消失了，她摇摇头，说："你不要认为我不领情，鲁尼恩先生。这场求婚与众不同，很独特，我相信你说的话都是真的。但是你只是一时的怜悯我，我向你保证，我是一个有能力赚钱生活的女人。"

"但是……米尔德里德，他会很孤独的。"帕琪说。

"我很抱歉，"米尔德里德说，"但那不是我的错。"

"如果你拒绝了，那就是你的错了。"

"很抱歉，我得这样做。"

"我明白了，"鲁尼恩失望地叹了口气，"母亲喜欢你，不喜欢我。你应该听了不少关于我的故事，你对我有偏见了。我不会怪你。但是如果有一个好女人出现在我生活中，我一定可以改过所有的毛病，我肯定我也有正派的一面。"

米尔德里德热切地看着鲁尼恩，现在，是非常热切地看着鲁尼恩。尽管鲁尼恩选择时间地点不太对，但是他与生俱来的男子气概都体现在这番真诚热切的话语中。贝丝和帕琪都希望米尔德里德能够答应鲁尼恩做他的新娘。

米尔德里德的语气还是很平静，她说："三天后我会给你答案，鲁尼恩先生。这对你对我都是公平的。"

"谢谢你。"鲁尼恩说。

紧张的气氛终于过去了，大家都开始讨论，喋喋不休地给米尔德里德意见，支持她答应鲁尼恩的求婚。鲁尼恩倒是被人晾在一边了。

米格尔目睹了求婚的过程，也从后面听到了他们的对话。米格尔的目光就一直在米尔德里德和鲁尼恩的身上，似乎想看穿他们心里的想法。

在庭院里，米格尔问亚瑟："我可以走了吗？威尔登先生？"

"是的，谢谢你的帮忙，米格尔。"

"我也谢谢你，"米尔德里德上前一步，握住米格尔的手，"我记得你，米格尔。以前父亲和克里斯托瓦尔先生还在的时候，你对我多般照顾，你还记得吗？"

米格尔点点头，一直看着米尔德里德。

"一朝为友，永远都是朋友。"米尔德里德继续说，"到了今天你还是这么帮我，我很感激。有时间我们一起聊聊天好吗？"

然后，米格尔走了。如果有人知道他去了哪里，一定会大吃一惊。

他独自来到了橙子园的深处，开始激动地喃喃自语。偶尔他又猛地踢一脚树干，把脚踢疼了也不管。一番发泄后，他又静静地在树下思考了好长一段时间。然后，他站起来，越过栅栏，来到马路上，开始走着。

当米格尔终于回到住所时，天已经黑了。他大声咆哮，命令工人们到橙子园里干活。工人们意识到米格尔心情不好，也没敢去惹他。

第二天破晓时分，米格尔就起来了。他的心情好多了，愉悦地和大家一起开始了一天的工作。

第二十二章　至真至诚

傍晚，亚瑟和露易丝坐在庭院中，和大家谈天说地。伊内兹走过来说米格尔有事情要说。

"让他进来。"亚瑟吩咐。

米格尔进来了，还是穿着他最好的衣服，打着红领结。他取下帽子，不安地看了大家一眼后，又将目光投向婴儿房处。婴儿房的门没有关，米尔德里德正在里面坐着看书。早上的时候，鲁尼恩借口说"回去看看果园还在不在"便回去了。

"我有一些私人的事情想说，威尔登先生。"米格尔局促不安地说。

"说吧，米格尔。"

"噢，但是他说是私人事。"帕琪提醒亚瑟。

"我知道。米格尔知道他可以在我的朋友面前说的。"

"那是关于克里斯托瓦尔的事情。"

"是吗？是什么事？"

"我曾经为克里斯托瓦尔服务。我和他一起住在这房间里，很长时间。他病重的时候，是我在照顾他。医生说他的病好不了了。克里斯托瓦尔知道后，也不介意，他说自己活的时间也够长了。"

大家对米格尔的话颇感兴趣，纷纷弯腰靠近一点儿听他说话。亚瑟，道尔少校和约翰也专心致志地听米格尔说话。

"病很重的时候，他说有一样东西他是不愿意离开的，那就是他的钱。"米格尔继续说，"克里斯托瓦尔说，钱是他最好的朋友，但是他不能把钱带进棺材。如果他的钱被别人花去了，他会为之愤怒的。于是，他让我装了三大袋金币，然后开车到河边，扔进河里，这样愚蠢的人们就不会发现他的钱了。后来，医生来了，克里斯托瓦尔问医生自己什么时候会死，医生说他将看不到明天的太阳了。医生想留下来，但是克里斯托瓦尔付钱将他打发走了，他想一个人安静地死去。但是我还在这里。晚上，克里斯托瓦尔说：'米格尔，在我还没把雷顿的钱还给他之前，我不能死。我为他保管的钱我告诉你藏在哪里了，这样你就可以为我还给他了。'"

"然后呢，米格尔？"亚瑟问。

"然后，我将金币放在墙里，然后将墙封死后，就扶着克里斯托瓦尔回到床上，就是这样。威尔登先生。"

"你没有告诉过任何人？"

"没有，金币是属于雷顿先生的。"

"金币现在在哪里？米格尔？"

"在墙里，威尔登先生。"

"所有的都在？"

"是的。"

沉默了片刻，亚瑟问："你知道金币现在是属于米尔德里德，雷顿先生的女儿吗？"

"我知道，威尔登先生。"

"那么为什么你不早说呢？"

"我不是一个好人，威尔登先生，我想将金币占为己有。为什么不呢？也没有人知道。克里斯托瓦尔死后很久都没有人来过这里。有时候，我一个人走到房间里数金币。金灿灿的金币让我起了坏心思。但是当我回到果园干活时，我就告诉自己：'米格尔！这些金币不属于你！是雷顿先生的！'我告诉自己当雷顿先生回来，就要把金币奉还。但是他一直没有回来。雷顿的女儿倒回来了。我知道如果将这些金币据为己有，我就是个坏人了。但是我什么也没说，我觉得也没有人知道。"

"但是，你把金币藏在墙里，对你又有什么好处呢？"亚瑟不解。

"没什么好处，威尔登先生。但是我知道我是有钱的。如果我用这笔钱买了果园，自己当果园主，也不会有人知道是我偷了雷顿的金币。"

"那么你为什么告诉我们这些呢？"

米格尔朝婴儿房望了一眼说："我是要干活的人，我总在干活，我也必须干活。我老了，如果我不能干活了，那我肯定离死不远了。克里斯托瓦尔去世的时候留下一大堆金币，我也会一样。现在我有很好的工作，工作让我很快乐。但是……"

"但是什么？"

"雷顿的女儿，她只是个小女孩，她不能像男人一样干活。金币是属于她的，不属于我。我会告诉你们金币藏在了哪里。"

约翰站起来，紧紧地握住米格尔的手，说："你真是一个诚实的男人，米格尔！"

"不，先生，"米格尔说，"我想过将金币私吞，我不是一个诚实的人。"

"但是你还是放弃了金币。"

"是的，因为我害怕。"

"我不相信，"帕琪说，"如果你不告诉我们，没有人会知道这个秘密。但是你还是坦白了，所以你是一个正直诚实的人！"

"雷顿先生就是这样评价我的，"米格尔说，"他说我正直，真诚。我想我不能让他失望，仅此而已。"

米尔德里德的金币可不是小数目。也许克里斯托瓦尔又往雷顿的金币里加了点。最后的金币数目远远超过了米尔德里德的预期。

亚瑟将金币拉到银行，以米尔德里德的名义存起来。

帕琪和贝丝很好奇米尔德里德会拿这笔钱干什么，但是米尔德里德只字不提。

"那鲁尼恩呢？"帕琪问。

米尔德里德脸一红，笑了笑，问："你觉得我的钱够还他的贷款吗？"

"当然够，"贝丝说，"但是这个想法太笨了。他很快又会负债的。"

"不！不会的！"帕琪抗议，"我敢说，他会洗心革面，如果……"

"如果米尔德里德嫁给他？"

"对！"

米尔德里德很是苦恼的样子。

"最好的方法，就是米尔德里德以自己的名义保管钱，有紧急情况再取出来用。"

米尔德里德同意了。在两个女孩的追问下，她终于坦白了当鲁尼恩下次来问自己的答案时，会接受他的求婚。

第三天，鲁尼恩来了。亚瑟告诉鲁尼恩金币找到了的好消息。但是鲁尼恩听后却有些沮丧。

"她现在不会嫁给我了。"鲁尼恩失落地说，"我宁愿死也不愿意再问她一次了。当她一无所有时，我还能给她一个家。但是她现在有钱了，我还能给她什么呢？告诉我米格尔在哪里？我去揍他一顿！他就不能管好自己的嘴巴吗？"

亚瑟哈哈大笑，他告诉鲁尼恩，钱不会改变米尔德里德的看法。但是鲁尼恩还是一副垂头丧气、愁眉苦脸的样子。

帕琪和贝丝费心制造机会让鲁尼恩接近米尔德里德，但是鲁尼恩拒绝了这些机会。一天过去了，鲁尼恩也没敢鼓起勇气靠近米尔德里德。帕琪和贝丝都看出了米尔德里德心里的失望。

第二天似乎也没有什么进展。鲁尼恩在花园里抽闷烟，有人走近他他就躲到灌木丛后面。吃饭的时候，他也不说话，只是一个劲地吃。帕琪说鲁尼恩好像刚从监狱里放出来一样。

"失恋的人都会化悲愤为食量，"帕琪说，"小说里都是这样写的，所以你肯定十分爱米尔德里德。"

鲁尼恩抱怨地看了她一眼，继续埋头大吃。

几天过去了，鲁尼恩也没敢开口问米尔德里德答案，气氛越来越尴尬了。米尔德里德也快失去耐心。窗外，鲁尼恩忧郁地坐在长凳上吸烟。

帕琪说："再这么颓废下去，他会生病的。"

"而且他也买不起香烟了。"贝丝说，"除非他不再抽。不然肯定又负上新债。"

"或者把柠檬卖了换烟。"帕琪补充。

"你们觉得，"米尔德里德一字一字地说，似乎在给自己打气，"我主动和他说，会好一点儿吗？"

"当然啦！"帕琪赞同，"鲁尼恩是个大男孩，他比宝宝更需要一位照顾他的人。我来看着宝宝，你快去和他说明吧！"

米尔德里德看着贝丝，征询她的意见。

"除非你对他说，不然你们永远都不会在一起。再这样下去，我们都要着急疯啦。所以，就当是为了我们，你最好主动和鲁尼恩说。不管怎样你都会嫁给他的，既然这样，为什么不早说呢？"

米尔德里德将宝宝交给帕琪和贝丝，转身离开婴儿房。透过玻璃，帕琪和贝丝看见米尔德里德朝鲁尼恩走去，鲁尼恩扔掉香烟，站起来。

鲁尼恩没有说话，反而是米尔德里德开口了。鲁尼恩不可置信地摇摇头，然后激动地将米尔德里德揽在怀中。

"来，贝丝，"帕琪说，"我们去告诉露易丝这个好消息吧！"